Alexander Kronenheim

Die Schlacht bei Fehrbellin

Historienroman

Bibliografische Information der Deutschen Nationalbibliothek:
Die Deutsche Nationalbibliothek verzeichnet diese Publikation in der Deutschen Nationalbibliografie; detaillierte bibliografische Daten sind im Internet über http://dnb.dnb.de abrufbar.

© 2015 **Alexander Kronenheim** ; 2. Auflage

Herstellung und Verlag: BoD - Books on Demand, Norderstedt

ISBN: 9783738648454

Kapitelübersicht   Seite

1. Kapitel: Kommen die Schweden?   4

2. Kapitel: Es wird gedrillt   18

3. Kapitel: Alarm und Aufbruch   28

4. Kapitel: Ein schneidiger Ritt   40

5. Kapitel: Einquartierung   59

6. Kapitel: Eine neue Freundschaft   75

7. Kapitel: Marschbefehl der Schweden   85

8. Kapitel: Ein unerwartetes Wiedersehen   98

9. Kapitel: Eine geheimnisvolle Fahrt   108

10. Kapitel: Der Handstreich auf Rathenow   117

11. Kapitel: Eine schwüle Nacht   131

12. Kapitel: Das Brücken-Spreng-Kommando   138

13. Kapitel: Die Schlacht bei Fehrbellin   149

Kommen die Schweden?

Es war ein trüber Wintertag; graue Schneewolken zogen am Himmel, und ein dicker Nebel lag über den weiten Flächen des Havellandes und des Rhinluches, die sich, von Wasserläufen, Gräben und tiefen Morästen durchzogen, auf viele, viele Meilen erstrecken. Sonst hatte man von den Höhen des Ländchens Bellin, das sich wie eine Insel in der weiten Niederung erhob, einen herrlichen Blick über die blitzenden Wasserläufe, die grünen Wiesen und die hohen Schilfwälder, die große Flächen dieses wilden Sumpflandes bedeckten. Heute verschwamm alles in Schneedämmer und Nebel.

Auf der Höhe fuhr ein Ackerwagen dahin; drei kräftige Gäule gingen davor im Geschirr. Die Zügel führte ein junger Bursche, kaum sechzehn Jahre alt; er saß auf dem mit Rüben beladenen Fuhrwerk und pfiff eine lustige Melodie vor sich hin. Lustig und keck war auch sein frisches Gesicht mit den lebhaften hellen Augen; er trug nach derzeitiger Sitte weite Pluderhosen, hohe Lederstrümpfe und ein altes, abgeschabtes Lederwams, wie es zur Feldarbeit immer noch gut genug war. Man schrieb das Jahr 1675.

Jörg Bessert ließ die Peitschenschnur leicht über die Pferde hinfliegen; die beiden Stangenpferde legten sich schärfer ins Geschirr, der junge Schwarzbraune aber, der als drittes Pferd im Gespann ging, warf den Kopf hoch und fing an, unruhig zu tänzeln.

„Peter!" rief Jörg, halb tadelnd, halb lächelnd, „du sollst nicht immer so zapplig sein! Das liebt der Oheim nicht, weißt du?" Peter beruhigte sich, als er die freundliche Stimme des jungen Mannes hörte. Jörg steckte die Peitsche neben sich unter das Sitzbrett und begann wieder zu pfeifen: „Maikäfer, flieg! Mein Vater ist im Krieg, mein Vater ist in Pommerland, Pommerland ist abgebrannt. Maikäfer, flieg!"

Pommerland ist abgebrannt! Sein Vater war auch in Pommerland gewesen; sie waren alle in Pommerland gewesen. Sie hatten sich dort als Siedler ansässig gemacht; eines Tages hatten Marodebrüder — entlassene und beschäftigungslose Landsknechte — ihr Dorf überfallen, seinen Vater erschlagen und ihr Anwesen niedergebrannt. Sein älterer Bruder war von ihnen im Tross mitgenommen worden; seine Mutter hatte sich mit ihm gerettet und war von einem Verwandten, dem Ortsschulzen Warnke in Linum im Havelland, freundlich aufgenommen worden. Sie selbst war an den Folgen der Schrecken und der Anstrengungen auf der Flucht gestorben; so war Jörg, damals ein vierjähriges Kind, im Hause des Oheims aufgewachsen.

Die Straße senkte sich, und das Dorf Linum lag vor ihm. Es war ein großer Ort. Längs der breiten Dorfstraße zog dieser sich mit stattlichen Gehöften hin; die aus Feldsteinen gebaute Kirche hob ihren Turm aus den Kronen breitästiger Linden, die den kleinen Kirchhof wie die Dorfstraße säumten.

Als Jörg jetzt dem Dorf nahekam, begann sein Herz zu klopfen. Man lebte in einer unruhigen Zeit, in der Furcht vor dem Feind. Der Herr Kurfürst stand mit dem brandenburgischen Heer am Rhein im Dienst des Kaisers, um das deutsche Rheinland gegen einen Einfall der Franzosen zu verteidigen. Die Grenzen seines Landes lagen indes ziemlich schutzlos, jedem Angreifer preisgegeben. Doch im inneren Land hatte bisher Friede geherrscht.

Da war vor einigen Tagen der Landreiter gekommen und hatte angesagt, man möge sich auf feindliche Einquartierung einrichten. Die Schweden hätten von Pommern aus ein großes Heer in Marsch gesetzt, das in die Mark Brandenburg einfallen solle. Es geschähe dies ohne irgendeine Kriegserklärung und auf Anstiften des Königs Ludwig XIV. von Frankreich, der den Herrn Kurfürsten, seinen tätigsten Gegner, vom Kriegsschauplatz am Rhein abziehen wolle.

Diese Nachricht hatte einen namenlosen Schrecken verbreitet. Die pommersche und damit die schwedische

Grenze lag kaum zwei Tagemärsche von Linum und dem Rhin- und Havelluch entfernt; jeden Tag konnten die Feinde hier sein. Die älteren Leute konnten sich noch wohl der Schrecken des Dreißigjährigen Krieges erinnern und der Greultaten der verwilderten und zuchtlos gewordenen Landsknechtsheere, wie sie geplündert, gebrannt und die Bevölkerung gequält hatten!

Auch Jörgs Oheim Warnke, der Ortsschulze von Linum, hatte diese furchtbaren Zeiten noch in Erinnerung; wohl keiner, der sie miterlebt hatte, konnte sie vergessen!

Und das alles sollte wieder schreckliche Wirklichkeit werden? Eine namenlose Angst hatte die Menschen ergriffen. Kommen die Schweden, oder kommen sie nicht? Das war der einzige Gedanke, der alle beschäftigte. Und man traf seine Maßnahmen. Noch in derselben Nacht, als die furchtbare Nachricht bekannt wurde, hatten die Dorfbewohner, so auch Warnke und seine Familie, ihr Geld, ihr Silberzeug und die Schmuckketten der Frauen im Garten vergraben und für die Wäsche ein Versteck auf dem Boden hergerichtet. Nur etwas Geld und gute Wäsche hatte Warnke zurückbehalten. Etwas mussten die Soldaten finden, wenn sie beutegierig in die Häuser drangen. Sonst bezahlten es die Quartiergeber mit Würgemalen und Misshandlungen, bis sie die Verstecke verrieten.

Einige Tage waren indes vergangen; nichts hatte sich ereignet. Doch die Unruhe und Erregung steigerten sich nur noch. Wenn einer der Dorfbewohner vom Feld kam, und er traf einen Nachbarn auf der Straße, war seine erste Frage: „Ist etwas vorgefallen?" und auf das Kopfschütteln des anderen setzte er aufatmend seinen Weg fort.

Als Jörg heute in die Dorfstraße einbog, sah er eine Anzahl Reitpferde vor dem Schulzenhof stehen; große Satteltaschen waren an die Sättel geschnallt. Soldaten! Es ging los. Halb Schreck, halb Spannung, was nun kommen würde, ließen sein Herz schlagen. Er sah schärfer hin. Zwei Mann hielten die Pferde; sie trugen die brandenburgische Feldbinde. Jörg atmete beruhigt auf. Er trieb seine Pferde an, um schneller nach Haus zu kommen und zu hören, was es gäbe.

Es war zur Mittagszeit. Jörg spannte aus, führte seine Pferde in den Stall und gab ihnen Futter. Dann ging er eilig ins Wohnhaus hinüber.

Im Wohnzimmer hatte ein Wachtmeister von den Dragonern Platz genommen. Er war ein stämmiger Mann; das Büffelkoller, der breite Ledergurt, an dem der Pallasch und der Pistolenhalfter hingen, die hohen Reiterstiefel kleideten ihn gut; vor ihm auf dem Tisch lag der breitkrempige Filzhut. Seinem wettergebräunten Gesicht gab ein kurzer, leicht vom ersten Grau durchsponnener Schnurrbart ein besonders kriegerisches Aussehen, obwohl seine stahlgrauen Augen diesen Eindruck Lügen zu strafen schienen: ein geheimes, freundliches Lachen versteckte sich in ihnen.

„Also ich habe Euch bekanntgegeben, Herr Schulze", sagte er zu Warnke, einem Mann von kräftigem Wuchs mit einem freundlichen und gutherzigen Gesicht, „dass Seine Durchlaucht, der Fürst von Dessau, Statthalter unseres Herrn Kurfürsten in den Marken, sich entschlossen haben, die Pässe durch das Havelland trotz seiner geringen Truppenzahl zu verteidigen. Er befiehlt, dass zur Verstärkung seiner paar Regimente die waffenfähigen Männer der Dörfer im Havel- und Rhinluch aufgeboten werden sollen."

„Jawohl!" versetzte Warnke.

Jörgs Augen leuchteten auf, als er das hörte. Im selben Augenblick befiel ihn ein banger Schrecken: alle wehrfähigen Männer! Ob man ihn schon dazu rechnen würde?

„Heute Nachmittag werde ich die Mannschaft aufstellen", fuhr der Wachtmeister fort. „Jedes Dorf bildet eine Kompanie, dazu ein paar Meldereiter. Ich bleibe zunächst hier, um die Mannschaft wenigstens etwas einzuüben. Ich werde mich bei Euch einquartieren, Herr Schulze, mit meinem Burschen, also zwei Mann, zwei Pferde. Meine andere Mannschaft quartiert sich auf den

Nachbarhöfen ein. — Nun lasst uns mal Eure Stallung sehen!" Damit begaben sich alle hinaus.

Im Pferdestall ließen sich gut noch zwei Pferde einstellen. Jörg musste die Stände schnell zurechtmachen und wurde dann geschickt, den Burschen des Wachtmeisters mit den Pferden hereinzuholen.

„Wohl ein fixer Junge, was?" fragte der Wachtmeister mit einem Blick auf Jörg, der eben eilfertig den Stall verließ.

„O ja!" erwiderte Warnke mit einem Schmunzeln. „Und dazu nicht auf den Kopf gefallen."

„So so!" sagte der Wachtmeister und schmunzelte gleichfalls.

Die beiden Soldatenpferde waren eingestellt; Jörg half dem Burschen, einem stattlichen Dragoner mit Namen Kröger, absatteln. Das Pferd des Wachtmeisters war ein Schwarzbrauner wie sein Peter, nur größer und stärker. Es gefiel Jörg sehr.

„Wie heißt denn der Herr Wachtmeister?" fragte er den Dragoner.

„Das ist der Wachtmeister Freese von der Fünften Kompanie", erwiderte Kröger. Die Dragoner galten damals als reitende Infanterie und waren demnach in Kompanien formiert, nicht in Schwadronen. Sie waren als Reiter wie als Infanteristen ausgebildet, im Gegensatz zu der

übrigen Reiterei, die nicht im Fußgefecht verwendet wurde.
Da rief Frau Trude, die Bäuerin, zu Tisch. Es war heute im Wohnzimmer gedeckt, nicht wie sonst in der Küche. Die Kinder standen bereits hinter ihren Stühlen und musterten aus großen Augen die fremden Soldaten. Die älteste war Hedwig, ein hübsches Mädchen, etwas jünger als Jörg. Blondes Haar umrahmte ihr freundliches Gesicht; das schlichte Wollkleid, das sie trug, und die schweren Holzschuhe an ihren Füßen taten ihrer lieblichen Erscheinung keinen Abbruch. Am unteren Ende des Tisches standen die jüngeren Geschwister, ein Junge und zwei kleine Mädchen. Alle setzten sich und löffelten schweigend ihre Suppe. Nur Warnke und der Wachtmeister sprachen hin und wieder ein Wort.
„Da kann es hier bald heiß hergehen?" fragte Warnke.
„Was heißt, heiß hergehen?" wiederholte Wachtmeister Freese. „Es können nur kleinere und größere Plänkeleien vorfallen; zu anderem sind wir zu schwach an Zahl. Ja, wenn der Herr Kurfürst hier wäre! —Jedenfalls", fuhr er fort, „bin ich froh, dass es überhaupt zu kriegerischen Handlungen kommt. Da können wir doch auch etwas tun. Verdamm mich! Es ist mir bitter schwer geworden, bei der Ersatzkompanie zurückzubleiben, als unser Regiment, die Derfflinger-Dragoner, ins Feld rückten."

Jörg sah den alten Haudegen an. Das konnte er ihm nachfühlen. Das musste entsetzlich sein! Ebenso wie es für ihn entsetzlich sein müsste, wenn er als zu jung für den Waffendienst befunden werden sollte.

„Oheim", wandte er sich nach dem Essen an Warnke, „ich kann doch auch bei der wehrfähigen Mannschaft eintreten, nicht? Ich bin groß und stark genug."

„Als was möchtest du denn mitgehen?" fragte der Oheim mit einem freundlichen Lächeln.

„Als Meldereiter!" rief Jörg mit strahlenden Augen. „Mit dem Peter!"

„Na, wollen mal sehen, was der Herr Wachtmeister dazu sagt", erwiderte der Oheim. Damit musste sich Jörg vorläufig abfinden.

Er hatte sich angewöhnt, Frau Trude und Hedwig durch kleine Handreichungen zu unterstützen. So holte er ihnen auch jetzt, trotz seiner Sorgen, ob er Wehrmann werden würde oder nicht, einen Eimer Wasser in die Küche.

„Fürchtest du dich nicht, mit in den Krieg zu ziehen?" fragte ihn Hedwig. „Da gibt's Wunden und Schlimmeres."

„Fürchten?" wiederholte Jörg. „Ich fürchte bloß, dass ich noch nicht mitkann. Und — da gibt's Wunden und — den Tod, wolltest du sagen. Allerdings. Aber es gibt auch Ruhm und Ehre. Wenn alle ausziehen, ihr Vaterland zu schützen — möchte ich nicht zu Haus bleiben! Nicht um die Welt!"

Einen Augenblick sah Hedwig ihn an. „So müssen die Männer auch denken", sagte sie leise, nach einigem Nachsinnen. „Wenn die Gesinnung den Ausschlag gibt, dann kommst du gleich ins erste Glied!" setzte sie mit einem schelmischen Lächeln hinzu.

„Die Gesinnung sieht ja keiner, und sie lässt sich auch nicht zur Schau stellen", erwiderte Jörg mit einem Achselzucken.

Zu Nachmittag zwei Uhr waren alle männlichen Dorfbewohner auf den Gemeindeanger, eine platzartige Erweiterung der Dorfstraße vor der Kirche, bestellt worden. In einem dichten Laufen standen die Leute und warteten.

Jetzt erschien Wachtmeister Freese mit etwa zehn Dragonern, die sein Kommando bildeten.

„Na, nun mal angetreten!" rief er mit seiner dröhnenden Bassstimme, aber in seinen Augen lachte der Schelm. „Der Größe nach. Das heißt, der längste Kerl auf dem rechten Flügel. Und dann steht mal nicht da wie die betrübten Lohgerber, denen die Felle weggeschwommen sind. Freudigkeit zum Dienst soll der Soldat besitzen, und auch alle, die es werden wollen. — Also alles, was über fünfzig und unter sechzehn Jahren ist, links heraus. Aus denen werde ich nachher das zweite Aufgebot bilden."

Es entstand ein Drängen und Stoßen; ältere Männer und blutjunge Bürschchen stürmten aus den Gliedern. Jörg atmete auf. Gott sei Dank! Er war bereits sechzehn!

„So! Da hinten könnt Ihr einen eigenen Ameisenhaufen bilden!" donnerte Wachtmeister Freese die ausgesonderten alten und ganz jungen Leute an. „Und vorläufig durcheinanderkrabbeln, soviel ihr wollt. — Hier, die erste Kolonne: Richtet euch! — das heißt, versucht mal, in einer geraden Linie zu stehen, so gerade, wie ihr die Mohrrüben setzt. Augenblicklich steht ihr in einer Zickzacklinie, wie wenn ihr zu Fastnacht aus dem Dorfkrug getorkelt kommt."

Die Dragoner traten hinzu und brachten Ordnung in den ungeübten Haufen.

Noch ein Mann stand abseits. Es war ein hageres Männchen mit einem Spitzbart und einer großen Hornbrille.

„Na, Herr Professor", schnauzte Freese diesen an, „Er hält sich wohl zu schade für die Front? Wer ist Er denn?"

„Meister Zicklein", stellte der Angeredete sich vor, „Dorfbader und Wundarzt." Er war Arzt und in der ganzen Gegend bekannt und gesucht.

„Aha! Ein Pflasterkasten!" bemerkte Freese. „Den können wir auch brauchen. Marsch, auf den linken Flügel!"

Freese ging jetzt die Front entlang und zählte ab; jeder der Männer im ersten Gliede erhielt dabei einen sanften Stoß vor Brust oder Schulter.

„Neunzig Mann!" stellte Freese fest. „Wir brauchen dann fünfzehn bis zwanzig Mann zu Pferde. Mal vortreten, wer glaubt, reiten zu können, das heißt, wer nicht auf dem Gaul hängt wie die reife Pflaume am Baum, um bei nächster Gelegenheit herunterzufallen, sondern wer glaubt, ein Pferd dahin zu bringen, wohin er reiten will oder soll."

Die Söhne der reichsten Bauern traten vor, auch Jörg, dem das Herz dabei noch mehr klopfte als bei der ersten Ausmusterung.

Er kam zufällig neben den jungen Lewerentz, dem Sohn ihres Nachbarn, zu stehen. Der war ein großer starker Bursche; sein breites Gesicht war wenig freundlich.

Klaus Lewerentz musterte Jörg von oben herab. „Was willst denn du hier?" fragte er schroff. „Das ist bloß was für Bauernsohne, die eigene Pferde haben. Du geh nur da rüber zu den Pikenträgern."

Jörg wurde rot. Es hatte ihn noch nie jemand fühlen lassen, dass er nicht der Sohn auf dem Schulzenhofe war, auf dem er doch wie ein Sohn gehalten wurde.

Zufällig hatte gerade vor den beiden der Wachtmeister Freese gestanden.

„Es kommt mir darauf an", rief er die jungen Leute mit seiner donnernden Kommandostimme an, „Reiter zu finden, Leute, die auf Pferden sitzen können, nicht auf Geldsäcken. Wer zum Reiter taugt und kein Pferd hat, dem wird eben ein Pferd gestellt." Ein grimmiger Blick flog über all die jungen Kerle hin und blieb auf Klaus Lewerentz haften.

Jörg atmete auf. Von diesem Augenblicke an liebte er den bärbeißigen Wachtmeister da, der durchaus kein bärbeißiger, sondern ein gerechter und herzensguter Mensch war.

„Welcher Hof stellt für jeden der jungen Leute ein Pferd?" fragte Wachtmeister Freese.

Die Väter traten vor und verpflichteten sich, ihren Söhnen das Pferd zu stellen. Als Freese zu Jörg kam, trat Warnke vor und sagte: „Ich stelle das Pferd." Ein dankbarer Blick traf ihn. Jörg waren die Tränen nahe: so tief hatte ihn die Kränkung getroffen.

Wachtmeister Freese ging jetzt zu der zweiten Kolonne, die nur den letzten Ersatz bilden sollte. Diese Mannschaften waren schnell formiert und entlassen. Er wandte sich wieder der eigentlichen Heimwehr zu.

„Morgen um acht Uhr wird angetreten", befahl er. „Jeder bringt eine Waffe mit: Spieß, Säbel, Muskete oder was er hat. Wer zwei Feuerwaffen besitzt, bringt

beide mit; wir rüsten dann einen zweiten Mann mit einem Schießprügel aus. Für heut wäre alles erledigt."
Damit war die havelländische Bauernwehr in Linum gegründet. Erregt von dem großen Ereignis, gingen die Leute nach Hause. Wachtmeister Freese hatte allgemein gefallen. „Der ist nicht so schlimm wie er aussieht", sagten die Leute. „Das ist ein ganz guter Kerl!"
Jörg hörte das mit Freude.

2. Kapitel
Es wird gedrillt

Der erste Exerziertag war vorüber; Wachtmeister Freese hatte das Fußvolk gedrillt, dass den Mannschaften trotz der kalten, winterlichen Luft der Schweiß von den Stirnen tropfte; dann hatte er die Reiter vorgenommen. Jörg auf seinem flotten Peter hatte sich als guter Reiter gezeigt und war beim Herrn Wachtmeister gut angeschrieben. Klaus, der einen prächtigen jungen Apfelschimmel ritt, war bei einem übermütigen Seitensprung des jungen Pferdes in den Dreck gesegelt; zu Fuß musste er heimgehen; denn sein Apfelschimmel war allein nach Haus gelaufen. Wachtmeister Freese lachte in seinen Bart. Siehst du, dachte er, das ist für deinen Hochmut deinem armen Kameraden gegenüber.

In froher Stimmung führte Jörg nach beendetem Dienst seinen Peter in den Stall, froh, nicht weil sein heimlicher Gegner, Klaus, der ihn gestern mit seiner Bemerkung maßlos gekränkt hatte, Pech hatte — nein! Jörg war frohgelaunt, weil er fühlte, dass er ein Pferd meistern konnte, dass er das Zeug zu einem guten Reiter hatte.

Er schüttete seinem Peter Futter und ging dann in das Haus hinüber. In der Wohnstube traf er Hedwig; sie schnitt ein großes Stück Leinwand zurecht.

„Was machst du denn da?" fragte Jörg und trat neben sie. „Was soll das werden?"

„Das soll eine Fahne werden", erwiderte Hedwig. „Vater will sie für seine Kompanie haben. Der Wachtmeister hat gesagt, jede Kompanie soll sich eine Fahne beschaffen. Aber eine Inschrift soll darauf kommen. Weißt du keine?"

„Eine Inschrift?" wiederholte Jörg. „Ja, was soll man da wohl nehmen? Dass wir unserm Herrn Kurfürsten und unserem Lande treu dienen wollen. Aber wie soll man das ausdrücken?" Er nahm das Linnen in die Hand, als wenn er es prüfen wollte.

„Es ist von unserer besten Leinwand", bemerkte Hedwig. „Mutter und ich haben es selbst gesponnen. Sonst nimmt man ja wohl Seidenstoff für Fahnen. Aber wir sind schlichte Landleute und haben keine Seidenstoffe."

Nach dem Mittagessen ging alles an seine gewohnte Arbeit. Jörg rückte wieder eine Fuhre Heu aus dem Schober auf den Hof. Hedwig ging in den Garten, um Rasen über ihr Versteck, in dem das Silber und das Geld lagen, zu decken. Man war bis jetzt noch nicht dazu gekommen.

Als sie einen Augenblick aufsah, bemerkte sie Klaus Lewerentz am Zaun.

Er machte ein verärgertes und mürrisches Gesicht. „Wo ist denn Jörg?" fragte er.

„Der holt ein Fuder Heu", versetzte Hedwig.
„So so!" brummte Klaus. „Hat er was erzählt?"
„Was soll er denn erzählt haben?" fragte Hedwig dagegen.
„Na…", Klaus kratzte sich den Kopf, „doch hat er was erzählt!" unterbrach er sich. „Ich seh's an deinem dummen Lachen."
„Nein. Was soll er denn erzählt haben?" beharrte Hedwig.
„Dass ich vom Pferd gefallen bin!" knurrte Klaus.
Hedwig lachte hellauf. „Jörg hat nichts gesagt, wir haben uns auch kaum gesprochen. Aber wenn du es selbst sagst…"
„Ich erzähle dir nichts Neues!" fuhr Klaus heftig auf. „Jörg hat es herumgetragen! Ihr steckt ja immer zusammen, ihr auf dem Schulzenhof. Aber das werde ich ihm nachtragen! Verlass dich drauf!" Er hob die geballte Faust gegen Hedwig.
„Klaus!" rief Hedwig erschrocken. „Bei Gott! Jörg hat nichts erzählt."
„Doch hat er das erzählt!" beharrte Klaus. „Und das werde ich ihm nachtragen."
„Klaus, du tust Jörg wirklich unrecht!" rief Hedwig; sie wusste, was für ein gewalttätiger Mensch Klaus war, dabei durch seine Körpergröße und seine Schwere den meisten Burschen im Dorf überlegen, und ein Mensch, der

auch vor falschen Beschuldigungen nicht zurückscheute, wenn es einen Gegner zu schädigen galt.

„Ich weiß Bescheid", erwiderte Klaus; „du brauchst gar nicht erst zu reden. Na, lass nur! Ich schreib's auf sein Kerbholz." Damit drehte er sich um und ging den Gartenweg hinab.

Hedwig war vor Ärger über diese Verstocktheit glühend rot geworden. Ihr Vater hatte schon recht, wenn er immer sagte: „Bloß mit den Lewerentz will ich nichts zu tun haben! Nichts im Guten und nichts im Bösen. Das sind Menschen, die schwer zu nehmen sind."

Eines Morgens war die Heimwehr wieder zum Exerzieren angetreten; Wachtmeister Freese hatte eben durch die neugewählten Rottenmeister die Namen der Mannschaften aufrufen lassen, als auf der Dorfstraße zwei Reiter auftauchten: auf einem kräftigen Rappen ein Reiter von gedrungener und stämmiger Gestalt, neben ihm, auf einem nicht minder kräftigen Schecken, ein schlanker jüngerer Herr. Beide waren Offiziere; die Straußenfeder schmückte ihre breitkrempigen Hüte.

Sie sehen und vor die Front springen, war für Wachtmeister Freese eins. „Achtung!" kommandierte er mit schallender Stimme, eilte dann auf den älteren Herren auf dem Rappen zu und machte seine Meldung. Es war der Oberstleutnant Henning von den Derfflinger-Dragonern und sein Adjutant, Leutnant von Bötzow. Der

Oberstleutnant hatte ein strenges Aussehen, aber aus seinen Augen sprachen trotz aller dienstlichen Strenge doch, ebenso wie bei Wachtmeister Freese, Menschenfreundlichkeit und Wohlwollen.

Es ging jetzt hinaus auf das Blachfeld zum Exerzieren. Zunächst exerzierte das Fußvolk unter Freeses Kommando. Es klappte leidlich, man konnte es nicht anders sagen. Der Oberstleutnant ritt mit seinem Adjutanten neben der marschierenden Kolonne her, verbesserte, ließ die eine oder andere Bewegung wiederholen und noch einmal wiederholen. Die Übung endete nach einer halben Stunde mit einer Anerkennung an die Mannschaft für ihre Treue und Hingabe. Alle Mienen strahlten; mit einem zufriedenen Lächeln steckte Warnke seine große Plempe, die er als Hauptmann führte, in die Scheide.

„Aufsitzen!" Jetzt kamen die Reiter an die Reihe.

Der Oberstleutnant sprengte in die Mitte des Feldes; Freese, der inzwischen Kröger nach seinem Pferd geschickt hatte, war ebenfalls aufgesessen.

„Einzeln vorbeireiten im Trab!" befahl der Oberstleutnant. Jetzt gab es viel zu tadeln: Haltung des Reiters, Führung des Pferdes. Trotzdem sah man, dass jeder Mann sich anstrengte.

Klaus wollte sich besonders zeigen. Als die Reihe an ihm war, spornte er seinen großen Apfelschimmel; dieser sprang, zusammenschreckend, im Galopp an, und in dieser Gangart kam Klaus vorüber; es war ihm nicht gelungen, sein aufgeregtes Tier in den Trab zurück zu zwingen.

„Zurück!" befahl der Oberstleutnant. Wütend riss Klaus seinen Apfelschimmel herum und spornte ihn so heftig, dass er bockte und ausschlug.

„Ein schlechter Reiter!" sagte der Oberstleutnant. „Weiter!"

Der nächste war Jörg. Ruhig trabte er an, und in ruhigem Trab kam er an dem Oberstleutnant vorbei.

„Gut!" rief dieser. „Der erste Mann, der ohne Fehler vorbeikommt!" Jörg wurde vor Freude über dies Lob glühend rot.

Klaus ärgerte sich immer noch mit seinem kopfscheu gewordenen Apfelschimmel herum.

„Na, wird's nun bald?" rief Oberstleutnant .Henning.

Auch der zweite Vorbeiritt missglückte Klaus; sein Apfelschimmel galoppierte und war nicht in den Trab zu zwingen.

Es wurde jetzt gemeinsam im Kreis geritten; Klaus musste ausscheiden, weil sein aufgeregtes Pferd die ganze Abteilung in Verwirrung brachte.

Schritt, Trab und Galopp, dann Vorführung in allen drei Gangarten. Jetzt klappte es auch bei den Reitern; Mannschaften und Pferde waren ruhiger geworden. Auch die Reiter erhielten eine Anerkennung.

Klaus hielt sich abseits, zähneknirschend. „Komm du in den Stall, du Biest!" stieß er wütend hervor und stieß seinem Schimmel die Sporen abermals in die Flanken, dass er wild auskeilte.

Die Heimwehr konnte wegtreten; sie sollte für heute dienstfrei sein. Der Oberstleutnant versammelte die Führer und Rottenmeister um sich.

„Die Schweden haben einen Vorstoß auf Spandau gemacht,", verkündete er, „sind aber mit blutigen Köpfen zurückgeschickt worden. Ihre Vortruppen stehen noch immer bei Nauen. Jetzt aber naht, wie wir durch unsere Späher wissen, ihr Hauptheer, das zur Zeit durch die Grafschaft Ruppin heranzieht und voraussichtlich den Übergang bei Fehrbellin benutzen wird, um westlich Richtung Havel zu ziehen. Ihr steht also hier im Brennpunkt der Ereignisse, und es wird voraussichtlich bald zu kriegerischen Taten kommen. Es hat mich gefreut, zu sehen, dass die Kompanie Linum mit solchem Eifer exerziert hat. Ich hoffe, ich kann mich auf euch verlassen."

Er grüßte und trabte mit seinem Adjutanten davon.

Glückstrahlend führte Jörg seinen Peter in den Stall; er holte ihm als Belohnung für seine gute Haltung ein Bund Mohrrüben, die Peter so gern fraß.

Während er sich noch mit seinem Peter beschäftigte, erhob sich nebenan auf Lewerentz' Gehöft ein furchtbarer Lärm. Auch Klaus hatte sein Pferd in den Stall geführt. Er gab ihm keine Mohrrüben. Er griff zum Stallbesen. „Warte, du Canaille!" schrie er. „Ich werde dir dein Bocken austreiben." In wildem Jähzorn schlug er auf das bereits angekoppelte Tier los; der Schimmel bäumte und, da es kein Entkommen für ihn gab, schlug er aus, was er konnte.

Der alte Lewerentz eilte in den Stall. „Junge, bist du verrückt?" schrie er. „Du machst das Pferd ja rasend!" Er versuchte Klaus den Stallbesen zu entreißen, diesen Augenblick benutzte der Schimmel zu einem neuen fürchterlichen Schlag und traf Klaus vor den Kopf. Mit einem absterbenden Schrei stürzte dieser totenbleich und blutüberströmt in die Stallgasse.

Schreiend stürzten die Mutter und die Geschwister herbei. Auch Jörg war hinübergelaufen. Er half dem Alten, Klaus zunächst beiseite zu ziehen, um ihn vor den Hufschlägen zu retten. Dies gelang.

„Ich hole Meister Zicklein!" rief Jörg und stürzte davon.

„Mein Kind! Mein Junge!" schrie die Mutter weinend: „Ich glaube, er stirbt."

Kalkbleich stand der alte Lewerentz, ein großer hagerer Mann mit harten Zügen, der sich sonst nicht so leicht eine Gemütsbewegung anmerken ließ. „Wir müssen ihn ins Haus tragen", sagte er mit heiserer Stimme. „Wenn wir ihn nur erst aus dem Stall hätten!" Mit zitternden

Flanken und bösartig angelegten Ohren stand der Schimmel und schielte tückisch zurück. „Aber erst muss der Schimmel sich beruhigen."

Jetzt kam Jörg mit Meister Zicklein zurück. Der kniete neben dem Bewusstlosen nieder. „Schädelbruch!" stellte er fest. „Wenn er nicht zurückgerissen worden wäre, wär's aus gewesen." Lewerentz atmete tief auf.

Jörg war indes vorsichtig vom Nebenstand aus an den Schimmel herangetreten. „Ruhig, Hans, ruhig!" sagte er und klopfte sanft den Hals des noch immer erregt schnaubenden Pferdes. „Ruhig, Hans! Gutes Tier musst du sein. So! Das ist wieder unser guter Hans!" Die freundlichen Worte und das sanfte Streicheln beruhigten das Tier sichtlich.

„Hier, gib ihm Heu!" sagte Lewerentz und reichte Jörg einen Arm voll hinüber.

Während Jörg dies aus der Hand fütterte, hoben Zicklein und beide Eltern den jetzt schwach Stöhnenden auf und trugen ihn ins Haus.

Auch Hedwig war hinüber gelaufen. „Was ist Klaus für ein jähzorniger Mensch!" sagte sie. „Ich habe immer eine stille Angst vor ihm! Auf dich hat er auch eine Wut."

„Auf mich?" fragte Jörg. „Ich habe ihm eben so wenig etwas getan wie sein Schimmel."

„Das will ich glauben!" rief Hedwig. Sie erzählte ihm jetzt das Gespräch mit Klaus neulich im Garten.

Meister Zicklein saß stundenlang am Lager des Verletzten; alle paar Minuten ging er in den Garten, frischen Schnee hereinzuholen, den er in eine Schüssel schüttete. Darin kühlte er die Umschläge, die er Klaus auf die Stirn legte. Immer wieder frisch.

Klaus stöhnte und röchelte schwach. Sowie das Tuch anfing, sich zu erwärmen, führte er irre Reden.

Lewerentz trat herein, leise die Kammertür hinter sich schließend. „Wie steht's denn?" fragte er flüsternd mit zitternder Stimme. „Muss … mein Junge …?", er schluckte schwer, „muss mein Junge sterben?" Klaus war sein einziger Sohn und der Nachfolger auf seinem Hof; die anderen Kinder waren Mädchen.

„Das weiß man nicht", versetzte Zicklein, ebenfalls flüsternd. „Ich hoffe, er wird es überstehen."

Seufzend ging Lewerentz aus der Kammer; schweigend warf Zicklein den warm gewordenen Umschlag in die Schüssel mit frischem Schnee und legte den neuen eiskalten Lappen dem Verletzten auf die glühende Stirn.

3. Kapitel
Alarm und Aufbruch

Dunkle Nacht lagerte über den Gehöften von Linum; kein Stern schimmerte; dunkles Schneegewölk verhängte den Himmel. Doch in fast allen Häusern schimmerte Licht. In allen Häusern war ein eiliges Rennen und Laufen. Es war vom Kommandeur des Rhinabschnitts, Oberstleutnant Henning, der Befehl gekommen, die Kompanien der gesamten Dörfer sollten sich in Fehrbellin sammeln und unverzüglich abmarschieren.

Jörg, eine leichte Satteltasche in der Hand, über der Schulter den Karabiner, den Wachtmeister Freese ihm zugewiesen hatte, trat eben Abschied nehmend vor Frau Trude, übermächtig überkam ihn das Gefühl, was er dieser Frau, was er Vater Warnke verdankte. Er wäre ein haltloser Landstreicher geworden, wenn sie sich damals seiner nicht angenommen und ihn trotz ihrer eigenen großen Familie in ihr Haus aufgenommen hätten.

Er presste Frau Trudes Hand und sagte mit bebender Stimme: „Ich danke Euch für alles, Frau Mutter!"

„Lass, mein Junge!" erwiderte Frau Trude, und Tränen ließen ihre Stimme zittern.

Jörg wandte sich an Hedwig. Er sah heut alles mit andern Augen. Als ob er es nie wiedersehen würde. „Leb wohl, Hedwig!" sagte er leise. „Denk an mich!"

„Ich denke immer an dich!" versetzte Hedwig. „Hier — nimm das! Möge es dich schützen!" Sie hängte ihm ein feines Kettchen mit einem kleinen silbernen Kreuz um den Hals.

„Los, los, los!" Wachtmeister Freese trat ins Zimmer, in voller Ausrüstung. „An die Pferde!"

Jörg riss sich los und rannte in den Stall, um schnell zu satteln.

Nebenan in Lewerentz' Hof herrschte die gleiche Aufregung. Wieder schob sich der alte Lewerentz, scheu und in Angst, in die Kammer, in der Meister Zicklein noch immer am Bett des Verunglückten saß und Umschlag nach Umschlag machte.

Klaus lag ruhiger; aber er sah furchtbar aus, wachsbleich.

„Wird mein Sohn sterben müssen?" fragte Lewerentz, mit einer vor Erregung heiseren Stimme.

„Ich denke, er wird es überstehen!" versetzte Meister Zicklein. Auch Frau Lewerentz war hereingekommen. „Ihr macht jetzt die Umschläge immer so weiter. Und immer frischen Schnee holen! Den Schnee hat uns der Himmel geschickt!"

„Ja, wollt Ihr denn auch fort?" rief Frau Lewerentz. „Ich kann das doch nicht allein machen!"

„Doch, doch!" unterbrach Zicklein. „Ihr könnt das sehr gut allein. Ich muss fort. Ich bin als Feldscher für die Kompanie verpflichtet."

„Ihr werdet hierbleiben!" sagte da der alte Lewerentz mit seiner harten, herrischen Stimme. „Ich werde die Angelegenheit bei der Kompanie in Ordnung bringen."
„Das ist nicht möglich!" rief Zicklein aufgeregt.
„Das ist möglich!" versetzte Lewerentz. „Ein paar blanke Taler machen manches möglich."
Meister Zicklein war aufgesprungen. „Ich würde Euren Sohn gern weiter pflegen!" sagte er. „Aber ich kann auch weiter nichts machen als Umschläge. Das kann eure Frau ebenso gut. Ich muss mit der Kompanie mitgehen. Ich muss! Hört Ihr? Ich muss!" Wie ein Wiesel war er aus der Tür und davon.
Fünf Uhr schlug es vom Kirchturm. Pünktlich erschien Wachtmeister Freese auf dem Appellplatz vor der Kirche, mit ihm Jörg und Kröger.
„Antreten!" befahl Freese. Schnell ordnete sich die Mannschaft, trotz der Dunkelheit. Soviel hatte man wenigstens schon gelernt, dachte Freese zufrieden. Auf dem rechten Flügel stand der alte Lewerentz mit der Fahne. Diese trug in einem Kranz von Eichenblättern die Inschrift:

„Wir sind Bauern von geringem Gut
und dienen dem Kurfürsten mit unserem Blut."

Hinter der Front der Fußmannschaft hielten die Reiter; auf dem rechten Flügel das Kommando Dragoner, dann die bäuerliche Reiterei.

Als letzter kam Meister Zicklein auf einem kleinen grauen Esel. Auf den Sattel waren große Bündel mit Verbandzeug geschnallt und die schwere Arzneitasche.
„Wer kommt zu spät? Natürlich der Pflasterkasten!" begrüßte ihn Wachtmeister Freese. „So was wird doch nie richtig Soldat!"
„Ich war bei einem Kranken!" krähte Meister Zicklein beleidigt.
„Das ist kein Grund!" wetterte der Wachtmeister. „Erst kommt der Dienst, und dann kommen die Kranken."
„Bei mir ist's umgekehrt!" schrie Meister Zicklein, der auch nicht locker ließ.
„Halt er's Maul!" brüllte Wachtmeister Freese. „Ein andermal ist er pünktlich! Er hat Zeit genug gehabt, seine Medizin aufzuladen!"
Meister Zicklein wagte angesichts des wutschnaubenden Kriegsmanns nichts weiter zu sagen.
Die Musketen, Spieße, Sensen und Heugabeln des Fußvolks wurden geschultert, und es hieß: „Marsch!"
In allen Haustüren, unter den alten Linden der Dorfstraße, überall standen die Frauen und Mädchen, grüßten, winkten, riefen Abschiedsworte. Über manche Frauenwange rannen die Tränen. Jörg erkannte Frau Trude und Hedwig; beide winkten mit ihren Tüchern; sie weinten. Auch Jörg wurden die Augen feucht, und doch schwoll sein Herz im Hochgefühl der Stunde.

Bald hatte man die Dorfstraße hinter sich; es ging langsam ansteigend nach Hakenberg hinauf; hier schloss sich die Kompanie dieses Dorfes an, und weiter ging der Marsch in sanftem Abfall in die Rhin-Niederung hinab. Als eben der Tag zu grauen begann, tauchte der Kirchturm des kleinen Städtchens Fehrbellin aus dem leichten Schneetreiben, das jetzt aus den grauen Wolken herniederwirbelte, vor der marschierenden Kolonne auf.

Am Wegrand hielt Oberstleutnant Henning mit seinem Adjutanten. „Guten Morgen, Wehrmänner!" begrüßte er die Kompanien in seiner kräftigen Art.

„Guten Morgen, Herr OberstleutnantI" scholl er vielstimmig zurück. Alle Augen strahlten; ein jeder fühlte sich durch den Gruß des hohen Offiziers geehrt.

Oberstleutnant Henning setzte sich an die Spitze; es ging über die Rhinbrücke, unter der der Fluss, einige dreißig Schritt breit, kleine Eisschollen treibend, hinzog. Der Rhin stoß, soweit man sehen konnte, durch sumpfige Wiesen und hohe Rohrwälder. Eine echte Niederungslandschaft, die in ihrer ebenen Fläche keinerlei Schwierigkeiten zu bieten schien, und die doch schwierige Übergänge und unwegsames Gelände in Fülle bot.

Der Marschtritt hallte jetzt in den Straßen des Städtchens Fehrbellin. Die Spielleute trommelten und pfiffen, was das Zeug hielt. Jörg richtete sich im Sattel

auf, und das Herz schlug ihm fröhlich in der Brust. Das war Soldatenleben! Soldat sein, das war das Höchste!
Schnell war man durch Fehrbellin hindurch. Eine lange Reihe Feldscheunen schloss die Stadt gegen die Feldmark ab. Hier entfaltete sich kriegerisches Leben und Treiben. Auf dem rechten Flügel marschierte eine Kompanie Dragoner. Ihre Pferde waren in den Scheunen eingestellt, deren Tore offenstanden.
Anschließend lagerte der Heerbann des Städtchens und einiger benachbarter Dörfer. Die anrückenden Kompanien aus Linum und Hakenberg wurden freudig begrüßt.
Es hießt jetzt halt und Wegtreten. Die Glieder lösten sich auf. Schnell mischte sich alles durcheinander; Bekannte begrüßten sich; es war wie auf einem Jahrmarkt. Jörg hielt sich an Kröger, den im Lagerleben erfahrenen Soldaten. Dieser hatte sofort auf einer Scheunendiele gute Plätze für ihre Pferde erspäht. Jörg stellte seinen Peter neben den Pferden Krögers ein und begann abzusatteln. Langsam und bleiern verstrichen die Stunden des Nachmittags. Jörg, an stete Arbeit gewöhnt, war dies untätige Herumsitzen grässlich. Aber was half es? Das war eben die Kehrseite des Soldatenlebens.
Kröger lachte über die Ungeduld Jörgs. „Dreiviertel seines Lebens steht der Soldat vergebens!" sagte er. „Das ist ein alter Spruch." Dann begann er,

Kriegserlebnisse zu erzählen. Jörg hörte mit glänzenden Augen zu. Er konnte nicht genug von diesen Geschichten hören. Auch einmal so etwas zu erleben, war sein glühender Wunsch.

Da trat eilig ein Korporal von den Dragonern ein. „Das Dragoner-Kommando Freese soll satteln", sagte er, „und eine Streife reiten."

Wie der Wind sprang Jörg auf, seinen Peter fertigzumachen.

„Das Dragonerkommando soll satteln", wiederholte Kröger den Befehl. „Du bist kein Dragoner."

Jörg hielt inne; alle Felle waren ihm fortgeschwommen.

Kröger hatte Mitleid mit ihm. „Lauf zum Wachtmeister!" riet er. „Dich nimmt er schon mit. Er kann dich leiden."

Jörg flitzte förmlich durch die Lagergasse. Er fand Wachtmeister Freese dabei, die Landkarte, die er sich vom Adjutanten geliehen hatte, zu studieren. Karten waren etwas Seltenes. Kaum die Stäbe waren damit ausgerüstet. Schüchtern brachte Jörg sein Anliegen vor.

"Du willst mitkommen, du junger Dachs?" fragte Freese und lachte wohlgefällig in seinen Bart. „Na, du bist ja ein leidlich sattelfester Reiter, und schießen kannst du auch. Warum also nicht? Aber fall nicht vom Gaul, wenn der erste Schuss knallt."

Glücklich rannte Jörg zurück und sattelte seinen Peter.

Kurz darauf hielt die Streifschar, um mehrere Mann verstärkt, an der Ecke der Ruppiner Landstraße, und Wachtmeister Freese setzte sich an ihre Spitze. Jörg ritt als letzter auf dem linken Flügel.

Man kam an der Feldwache vorbei, die an der Straße nach Ruppin aufgestellt war. „Tra...ab!" befahl Freese. Die Hufe der Pferde klapperten hell auf der hartgefrorenen Straße, die der kräftige Wind, der sich über Tag aufgemacht hatte, ziemlich frei von Schnee gefegt hatte. Die Sonne senkte sich im Westen, und ein leichter Abendnebel machte den weiteren Gesichtskreis unsichtig.

Eine Weile war man geritten, als zur Rechten ein Dorf auftauchte. Buskow hieß es. Freese ließ rechts abschwenken. Ein paar Dragoner wurden vorausgeschickt, die andern ritten schweigend; jede Unterhaltung wurde verboten. Das Gefühl einer außerordentlichen Spannung erfüllte Jörg. Man erwartet, auf den Feind zu treffen, dachte er.

„Streife vom linken Flügel, Führer Gefreiter Wiese, geht rechts um das Dorf herum!" befahl Wachtmeister Freese. Wieder schwenkten drei Mann ab. Jörg schloss sich diesen an mit einem bittenden Blick auf den führenden Gefreiten.

„Kannst als Verbindungsmann reiten!" sagte dieser. „Bleib immer hundert Schritt oder so hinter uns zurück. Wenn wir Feuer kriegen oder in eine Falle geraten, jagst du zurück und meldest es."

„Jawohl!" stieß Jörg hervor, bebend vor Erregung.

In einem scharfen Galopp jagte die Streife querfeldein, ganz rechts auf die letzten Gehöfte des Dorfes zu; Sand und Schneeklumpen flogen unter den schnellen Hufen der Pferde. Bei den Gehöften machte man halt und spähte die Dorfstraße hinab. Nichts rührte sich. Eben ritt auch der Haupttrupp in Buskow ein und kreuzte die Dorfstraße. Buskow war vom Feind frei.

Weiter ging's. Der Haupttrupp ging scharf vor; man musste die Pferde ausgreifen lassen, um Schritt zu halten. Die Tiere dampften in der kalten Winterluft.

Bald tauchte die weite Fläche des Ruppiner Sees vor ihnen auf, der, von Eis und Schnee bedeckt, kaum von der Feldmark zu unterscheiden war. Nur die steilen Uferhänge ließen ihn als Gewässer erkennen.

Diese mit Gebüsch und Gehölz bestandenen Hänge führte der Gefreite Wiese seine Reiter hinunter; nur ein Mann blieb auf der Höhe zur Umschau.

Mann hinter Mann, ritt die Streife unten auf dem unebenen und sich schlängelnden Fußsteig. Man kam hier nicht anders als im Schritt vorwärts. Die Pferde mussten wie die Ziegen klettern.

Jenseits einer Bucht tauchte jetzt abermals ein Dorf auf: Treskow. Mit malerischen Gehöften zog es sich am

See hin und gruppierte sich um einen großen Gutshof; der Turm des Gutshauses sah über lange Scheunendächer hinweg.

Der Gefreite Wiese trieb zur Eile. Der Haupttrupp, der der Straße folgte, musste schon weit voran sein. Halb Trab, halb Schritt, arbeiteten sich die Reiter auf dem holprigen und schneeglatten Pfad vorwärts. Die Pferde waren in eine Dampfwolke gehüllt; aus ihren Nüstern zog in dicken Wolken der Atem.

Da knallten Schüsse herüber! Der Haupttrupp war auf den Feind gestoßen! dachte Jörg ganz kaltblütig. Und doch zitterte sein Herz. Jetzt kam der große Augenblick, den er so oft herbeigesehnt hatte: sein erstes Gefecht!

Gefreiter Wiese ließ halten; er selbst galoppierte den steilen Hang hinauf. Von oben winkte er seine Streifschar ebenfalls herauf.

Weit auf den Hals seines Pferdes gebeugt, ließ Jörg seinen Peter den steilen Hang in kurzen Galoppsprüngen nehmen.

Über das Blachfeld, das sich vor ihnen dehnte, jagte in langem Galopp, von Treskow kommend, der Haupttrupp unter Wachtmeister Freese, hinterher etwa eine halbe Schwadron schwedische Kürassiere, kenntlich an den blaugelben Feldbinden. Von dem nahen Dorf Treskow her knallte das Feuer schwerer Musketen.

Eben jagte der linke Flügel der Schweden vor, den Dragonern den Weg abzuschneiden.

„Chargieren und feuern!" schrie der Gefreite. Die Ladestöcke klirrten in die Rohre ...knall! knall! Die ersten Schüsse fielen. Jörgs Peter stieg kerzengerade ... Jörg kam nicht zum Schuss. Mühsam zwang er sein aufgeregtes Pferd zur Ruhe.

„Galopp — marsch! marsch!" schrie der Gefreite.

Sich dicht an den Büschen des Uferhangs haltend, jagte die Streife auf kaum hundert Schritt Entfernung neben den Kürassieren her. Die Dragonerpferde waren die schnelleren. Sie kamen den schweren Kürassiergäulen voraus.

„Halt! Feuern!" schrie der Gefreite Wiese.

Diesmal war Jörg als erster schussfertig, er hatte noch die Kugel im Lauf. Er riss den Karabiner an die Backe — sein Peter stand einen Augenblick ganz ruhig —, Jörg nahm den linken Flügelmann der schwedischen Kürassiere aufs Korn und zog ab; das Feuer blitzte aus dem Lauf, wieder stieg Peter, aber drüben stürzte der linke Flügelmann der Kürassiere aus dem Sattel.

„Versuch das Pferd zu bekommen!" schrie der Gefreite Wiese.

Jörg galoppierte schräg auf das ledig laufende Pferd los.

Inzwischen hatte sich die Abteilung Freese gesammelt und beim Reiten geladen. Freese ließ Front machen, und eine wohlgezielte Salve, vom Sattel aus gefeuert, krachte den Verfolgern entgegen. Zwei Mann und ein Pferd stürzten.

Durch die Salve scheu geworden, machte das ledig laufende Pferd, das Jörg fangen wollte, kehrt und jagte gerade auf Jörg los. Dieser ritt ihm in den Weg, pfiff beruhigend, drängte das Pferd mit seinem Peter noch mehr ab, und es gelang ihm, den flatternden Zügel zu fassen. Wieder ein beruhigender Pfiff, und das Kürassierpferd folgte gutwillig.

Doch auch die angreifenden Kürassiere hatten kehrtgemacht. Es genügte ihnen, die Dragonerstreife zurückgeschlagen zu haben. Sie dachten an keine weitere Verfolgung.

Vor Buskow stieß die Seitendeckung des Gefreiten Wiese wieder zu der Abteilung Freese, und in ruhigem Trab, zum Teil auch im Schritt, ging es nach Fehrbellin zurück. Ein Mann von der Abteilung Freese war verwundet worden; bleich hing er im Sattel, von einem Kameraden gestützt.

Als letzter ritt Jörg, stolz sein Beutepferd am Zügel. Hoch klopfte sein Herz. Er hatte seine Feuertaufe erhalten und gut bestanden.

Heimlich griff er nach Hedwigs Kettchen mit dem Kreuz, das er auf seiner Brust trug: er war glücklich.

4. Kapitel
Ein schneidiger Ritt

Etwa drei Wochen waren vergangen. Unendliche Regengüsse hatten das ganze Land in ein unabsehbares Meer verwandelt; hier und da zeigten sich noch die grauen Eissperren, die so schnell nicht weichen wollten; hier und da hoben sich aber auch schon die ersten flachen Höhenrücken aus der weiten Wasserfläche.

Die ganze Zeit über hatte die Bauernwehr am Rhinübergang gestanden; der Feind, der doch so nahe in der Grafschaft Ruppin lag, mit seinen Vortruppen immer noch in Treskow, hatte sich nicht gerührt und sich nicht hören und sehen lassen.

Untätig lagen die Bauernwehren in ihrer Stellung, nur mit etwas Exerzieren beschäftigt. Die meiste Zeit verbrachten die Mannschaften am Marketenderkarren bei Trunk und Würfelbecher. Manch einem gefiel solch Leben, manchen verdross es; so alle, die Soldatenblut in den Adern hatten, wie der Wachtmeister Freese und Jörg. Aber auch Lewerentz ärgerte sich; er selbst war zu geizig, sich etwas zu gönnen, und er sah verärgert zu, wenn andere sich gütlich taten.

Solche Zeiten der Untätigkeit werden meist der Mannszucht gefährlich. So nahe der Heimat war man hier festgehalten und durfte doch nicht nach Hause! Und dort

quälten sich die Frauen allein in Stall und Scheune, und die Männer stahlen hier dem lieben Gott den Tag ab.
Es fanden sich bald Wortführer, die es verstanden, Feuer ins Öl zu gießen; Lewerentz war nicht einer der letzten.
Wachtmeister Freese hatte es für seine Pflicht gehalten, dem Obrist Leutnant Henning von der wachsenden Missstimmung der Mannschaften Meldung zu machen. Dieser fand das richtige Mittel: er zeigte Verständnis, dass des Dienstes ungewohnte Leute dieses Dienstes überdrüssig wurden; er zeigte ihnen aber auch, was sie für ihr Vaterland leisteten, wenn sie auf ihrem Posten aushielten. Hier könne man dem Feind, dessen Angriff jeden Tag zu erwarten war, geschlossen die Stirn bieten; sei dieser erst über den Rhin gedrungen, könne ihn niemand mehr aufhalten, und sie alle seien ihm schonungslos preisgegeben. Um ihnen aber entgegenzukommen, sollten Beurlaubungen erfolgen, damit jeder einmal nach seiner Wirtschaft sehen könne, und zwar sollte jeder zehnte Mann auf zehn Tage beurlaubt werden und so der Reihe um, so lange man hier in Stellung liegt.
Die Hauptleute hatten die Urlauber zu bestimmen. Warnke schickte mit der ersten Gruppe Lewerentz nach Haus.

„Eigentlich ärgert es mich ja, dass immer dem größten Schreier zuerst das Maul gestopft wird", bemerkte Warnke zu Wachtmeister Freese. „Aber Lewerentz hat keine männliche Arbeitskraft auf dem Hof; das muss man in Betracht ziehen."

Der Dienst in den Kompanien ging indes in gleicher Eintönigkeit weiter; aber die Mannschaften ertrugen ihn nun besser, weil jedem die Aussicht winkte, einmal wieder, wenn auch nur auf kurze Zeit, nach Hause zu kommen. So gingen allen die vordem so endlosen Tage schnell hin. Freude belebt die Menschen.

Es war ein trüber, nebliger Tag, als eines Abends die erste Gruppe Urlauber und mit ihr Lewerentz zurückkam. Die zweite Gruppe machte sich fertig; dieser gab Warnke das Beutepferd mit, das Jörg geschnappt hatte und das ihm zugesprochen worden war.

„Wie steht's zu Haus?" fragte Warnke den Lewerentz, der in der Scheune, in der seine Korporalschaft Unterkunft hatte, sich eben wieder einzurichten im Begriff stand.

„Wie soll's stehen?" fragte Lewerentz zurück. „Schlecht steht's. Wo kein Herr auf dem Hof ist, da geht die Wirtschaft hinter sich. Das ist nun mal so. Deine Frau lässt dich grüßen."

„Danke" erwiderte Warnke. „Und wie geht's den Kindern?"

„Sind munter, lässt deine Frau dir sagen", berichtete Lewerentz. „Bloß die Liese hat den Schnupfen und dein Fritz auch. Ach, was weiß ich, was sie mir noch alles erzählt hat."
Hm, hm! Lewerentz hatte wieder seinen liebenswürdigen Tag, dachte Warnke. „Wie geht's denn deinem Jungen?" fragte er.
„Schlecht!" antwortete Lewerentz. „Er liegt immer noch. Aber er hat nicht mehr solche Schmerzen. Meister Zicklein, der neulich da war, sagt, er würde ihn schon wieder gesund machen. So etwas von einer dicken Hirnschale hätte er noch gar nicht gesehen."
Warnke lächelte leicht bei dieser Feststellung.
„Willst du nicht meinen Apfelschimmel kaufen?" fuhr Lewerentz fort. „Klaus kann ihn nicht mehr sehen. Am Ende gibt's noch ein zweites Unglück mit ihm. Darum soll er weg."
„Ich kann ein Pferd jetzt nicht bezahlen", versetzte Warnke. „Brauche auch keins, da ich das Beutepferd bekommen habe."
„Beutepferd?" fragte Lewerentz, sich aufrichtend.
„Jörg hat bei einer Streife ein Beutepferd gemacht, das mir zugesprochen wurde", erklärte Warnke.
Lewerentz' Mundwinkel zuckten. „So so!" erwiderte er mürrisch. „Mein Junge liegt mit eingeschlagenem Schädel

zu Haus, ein anderer macht Beutepferde! Manch einen schlägt alles zum Glück aus!"

Warnke erwiderte nichts, um den alten Lewerentz nicht zu reizen; er kannte seine neidische und missgünstige Art. Mit kurzem Gruß verließ er die Scheune.

Am andern Morgen, vor Tau und Tag … die Trompeter hatten noch nicht das Wecken geblasen …, kam Wachtmeister Freese in die Unterkunft, in der Kröger und Jörg lagen.

„Aufstehen! Donnerwetter! Raus aus dem Stroh! — Fertigmachen zur Streife und sofort antreten!"

Nichts hörte Jörg lieber. Eilig rutschten er und Kröger auf den Holmen ihrer Leiter zu ihren Pferden hinunter.

„Wie ist's denn mit dem Füttern?" fragte Jörg.

„Keine Zeit zum Füttern und Striegeln!" versetzte Kröger. „Sofort antreten, ist befohlen." Sie sattelten eilig, tränkten nur und führten die Pferde hinaus. Auch sie hatten noch keinen Bissen genossen.

Aus allen Scheunen in der Nähe kamen die Dragoner und Bauernreiter. Der ganze Beritt des Wachtmeisters Freese war alarmiert worden. Es wird eine größere Sache! Frohlockte Jörg innerlich.

Wachtmeister Freese setzte sich an die Spitze, und um die Pferde nicht unnütz zu ermüden, ging es im Schritt auf der Landstraße nach Ruppin dahin.

Es war ein kalter Morgen; in der Nacht war wieder Frost gekommen. Ein feiner Dunst verhüllte den weiteren Gesichtskreis, und über dem Ruppiner See lag Nebel.

Aus Morgendunst und Dämmerung tauchte Treskow vor den Reitern auf; zwischen dem dicken Geäst der den Ort säumenden Bäume schaute der Turm des Gutshauses hervor.

Freese ließ halten. Er ritt allein mit Jörg, den er zu seinem Meldereiter gemacht hatte, auf eine nahe niedere Bodenwelle.

„Dort steht die Feldwache!" sagte er und deutete zum Dorfeingang hinüber.

„Die Feldwache?" fragte Jörg. Er sah nichts dergleichen.

„Ja!" versetzte Freese etwas ungeduldig. „Sperr doch die Augen auf! Ihr müsst alle erst sehen lernen! Dort an dem ersten Gehöft unter der dicken Alme steht ein Posten, ein Musketier, seine Lunte glüht ganz schwach herüber, und dort gegenüber, unter dem Holunderstrauch, dicht an der Hofmauer, steht der zweite. Siehst du das nicht?"

„Ach ja!" erwiderte Jörg und schämte sich, dass er zuerst so flüchtig hingesehen hatte. Er sah nun die beiden Gestalten ganz deutlich, denn er hatte Falkenaugen.

„Dahinter also, auf einem der Gehöfte, muss die Feldwache liegen", fuhr Freese fort. Er suchte mit seinen Blicken weiter den Dorfrand ab. Ihnen gerade gegenüber, in einem vorspringenden Garten, den eine kleine Mauer gegen einen vorbeiziehenden Graben absetzte, erhob sich die von den Schweden aufgeworfene Schanze; sechs Stückpforten zählte Freese. Alle ziemlich weitmäulig, also für grobes Geschütz. Sonst war nichts zu hören oder zu sehen.

„Es ist alles ruhig!" sagte Freese. „Die schlafen noch. Da wollen wir einmal in das Wespennest hineinstoßen."

Die beiden galoppierten zurück. Freese zog blank und winkte seiner Mannschaft, ein Gleiches zu tun. Dann ging es in langem Trab auf das Dorf zu; die Dragoner ritten in zwei Reihen dicht an den Straßenseiten, um durch die Bäume gegen Sicht gedeckt zu sein.

„Aufmarschieren!" rief Freese leise. „Galopp … marsch, marsch!"

Mit dem alten Haudegen Freese voran, stoben die Reiter heran, ehe die erschrockenen Posten noch wussten, was geschah. Ein Signalschuss knallte in die Luft, im selben Augenblick wälzte sich der Posten überritten im Graben. Der zweite Posten kam gar nicht erst zum Schuss, doch gelang es ihm, in dem dichten Holunderbusch zu verschwinden, so dass ihn kein Degenhieb erreichte.

Die Streife galoppierte bis mitten in den Ort; einige Reiter wurden in eine Seitenstraße entsandt, die sie wie im Flug durchritten; es war noch still im ganzen Ort. Nur einige abgebrannte Scheunen zeugten von der Tätigkeit der feindlichen Besatzung.

In Minuten lag Treskow hinter ihnen. Es ging weiter auf der Landstraße nach Ruppin. Aller Augen glänzten stolz und froh wegen des kühnen Reiterstückchens.

Wieder in scharfem Trab ging es dahin; die Hufe klapperten hell auf der hartgefrorenen Straße, und in dicken Wolken zog der warme Atem aus den Nüstern der Pferde.

Der See zur Rechten verbreiterte sich bedeutend; eine Nebelwand, die zusehends dichter wurde, entzog ihn den Blicken. Auch auf das Land griff der Nebel über. Man konnte bald nur einige zwanzig, dreißig Schritte weit sehen.

Man musste dicht vor Ruppin sein; Freese ließ Schritt reiten; die Pferde mussten etwas Erholung haben; sie waren von dem scharfen Ritt ziemlich ausgepumpt und dazu hungrig.

Wenn das Auge ausgeschaltet ist, muss man sich doppelt auf das Gehör verlassen. Freese lauschte angespannt in den Nebel, ob er irgendetwas höre, was auf die Nähe des Feindes schließen lasse. Nichts. Alles war still und stumm. Da klang der Stundenschlag einer Turmuhr zu ihnen herüber; man war dicht vor der Stadt. Es hieß jetzt, einen zweiten Durchstoß versuchen. Hier begann der schwierigste Teil seiner Aufgabe, dachte Freese: Es musste festgestellt werden, was hinter der feindlichen Vorpostenkette vor sich ging.

Freese hob ohne ein Wort den Arm, und die Reiter trabten wieder an. Im Reiten teilte er eine Seitenstreife unter dem Gefreiten Wiese ein.

In dunklen Umrissen tauchte eine Scheunenwand vor ihnen auf, jenseitig der Straße noch eine. Jetzt hieß es, durchstoßen. Man musste aber erwarten, es hier mit einem weit überlegenen Gegner zu tun zu bekommen.

Freese schlug Galopp an, seine Reiter folgten. An der ersten Scheune stand ein Doppelposten; er rief die Reiter an, doch wie die grauen Schatten waren diese vorübergehuscht. Links leuchtete ein offen brennendes Feuer: die Feldwache. Die Musketiere kochten eben ihre Morgensuppe. Ehe einer recht gemerkt hatte, wer sie waren, flogen die Dragoner vorüber. Auch in Ruppin lag ein Scheunenviertel vor der Stadt; die Reiterei hatte hier Unterkunft gefunden. Jede Scheune war in einen Kavalleriestall verwandelt; man sah durch die offenen Tore die Mannschaften beim Satteln.

Vor dem Stadttor stand ein Posten, ein Hellebardier. Im letzten Augenblick erkannte er die Brandenburger. Er schrie in die Wachtstube hinein, fällte seine Hellebarde und verletzte ein Pferd; im selben Augenblick fuhr ihm ein Pallasch über den Kopf, dass er blutüberströmt zusammenbrach.

Freundliche Bürgerhäuser flogen an den Dragonern vorüber, die auf schäumenden Pferden wie die Teufel dahinstoben. Der Markt lag vor ihnen ... und war bedeckt mit sich sammelnden Truppen, alles Infanterie. Dazwischen standen marschbereite Gepäckstaffeln.
Geschrei und Kommandos ertönten beim Erscheinen der Brandenburger, Musketiere machten sich schussfertig. Freese wartete ihre Salve nicht ab, er hatte genug gesehen. Er bog in eine Seitengasse nach links ein; eine Abteilung Kürassiere, die gemächlich nach ihrem Appellplatz ritt, kam ihnen hier entgegen.
„Drauf!" schrie Freese. Im selben Augenblick hieben die Dragoner auf die ahnungslos ihres Weges ziehenden Feinde ein, hieben eine Gasse, doch die zusammengedrängten, scheuenden und ausschlagenden Pferde sperrten die Straße so, dass die Dragoner ablassen mussten.
„Kehrt!" schrie Freese. Die Dragoner rissen ihre Pferde herum und jagten zurück.
Aber die Straße war abgeriegelt worden! Musketiere standen in zwei Gliedern quer über dem Damm und machten sich schussfertig. Sie schütteten eben Pulver auf die Pfannen.
„Drauf!" rief Freese abermals. In sausendem Ritt ging es mitten durch die Front, die Pallasche fuhren nieder, links, rechts stürzten und taumelten blutende Gestalten.

„Geradeaus, Herr Wachtmeister!" schrie Jörg. Er erinnerte sich, dass die Fortsetzung ihrer Straße auf das freie Feld führte. Im nächsten Augenblick hatten sie die Stadt hinter sich; aber sie waren auf der entgegengesetzten Seite.

„Halt!" befahl Freese. Sie hielten einen Augenblick hinter einer Scheune und ließen ihre schäumenden und dampfenden Pferde verschnaufen.

Ein Stückchen weiter zweigte ein Weg ab; ein Wegweiser stand dort. Freese ritt dorthin und winkte Jörg an seine Seite. „Nach Kränzlin", stand auf dem Wegweiser. Der Weg ging scharf nach Südwesten. Als sie sich umwandten, sahen sie, wie weiter oberhalb Kürassiere, mindestens eine Schwadron stark, zwischen den Scheunen hervorritten und sich zerstreuten, um nach den Brandenburgern zu suchen. Sie ritten nach Süden, in Richtung auf Fehrbellin, in der Annahme, die Brandenburger würden sich dorthin gewandt haben.

„Wir reiten auf Kränzlin, Herr Wachtmeister", sagte Jörg. „Da suchen sie uns nicht. Über Dabergotz kommen wir auch nach Fehrbellin."

„Gut!" entgegnete Freese. „Es war ein Glück, dass wir dich bei uns hatten, Junge. Ein ortskundiger Führer ist in solcher Lage Gold wert. Man kann sich in solchem Nest mit seinen Sackgassen vollständig verbiestern."

In ziemlich entgegengesetzter Richtung als der, in der ihre Verfolger ritten, trabte die kühne Streifschar von dannen.

Nach einigen Stunden waren sie wieder in ihrer Stellung. Freese konnte dem Oberstleutnant Henning eine klare Meldung machen: die ganze feindliche Armee war im Vormarsch auf Fehrbellin.

Oberstleutnant Henning nahm die Meldung mit unbewegtem Gesicht entgegen. Er stand in der am Ausgang des Scheunenviertels an der Landstraße nach Ruppin errichteten Schanze.

„Lasst eure Leute die Pferde füttern, Wachtmeister!" sagte er. „Die Pferde werden ausgepumpt sein."

„Zu Befehl, Herr Oberstleutnant!" Wachtmeister Freese stampfte mit dem rechten Fuß auf, dabei den Hut lüftend, und ging zu seinem Beritt zurück. Er ließ die Pferde in den Schuh einer Scheune führen; hier wurden ihnen die Futterbeutel umgehängt, und auch die Reiter stärkten sich aus ihren Brotbeuteln mit trockenem Brot und Speck. Jörg, solche Entbehrungen und lange Hungerzeiten noch nicht gewöhnt, kam diese Kost etwas mager vor.

„Also der Vormarsch der Schweden beginnt, die ganze Armee ist im Anmarsch", sagte Oberstleutnant Henning zu Leutnant von Bötzow. „Es ist natürlich unmöglich", fuhr er nach einer Pause fort, „mit unsern paar Knalleisen und ohne Geschütze einen übermächtigen Gegner aufzuhalten. Ich werde die Schanze hier gegen die Vortruppen zu halten versuchen, sowie der Feind sich aber entwickelt, die Stellung räumen. Nauen ist ebenfalls von den Schweden besetzt; ich werde also auf Kremmen zurückgehen und von dort aus versuchen, die Etappenstraße des anscheinend zur Elbe vorstoßenden Feindes zu beunruhigen und zu stören."

„Jawohl, Herr Oberstleutnant!" versetzte der Adjutant.

„Da kommen sie!" bemerkte Henning, der kein Auge von dem Gelände gelassen hatte. In der Ferne tauchten auf der Landstraße Reiter auf. Der Nebel hatte sich gehoben. Aus lichten Wolken, es mochte gegen 10 Uhr vormittags sein, brach eben die Sonne hervor und ließ die Helme und Kürassiere der Reiter wie Silber funkeln.

„Alles geht in Stellung!" befahl der Oberstleutnant, und der Adjutant eilte, den Befehl zu übermitteln.

Auf dem rechten Flügel, in einer eigenen Schanze, die so angelegt war, dass sie die Straße seitlich bestrich, lag die jetzt wieder in eine Infanteriekompanie verwandelte Schwadron Dragoner; sämtliche mit Musketen ausgerüstete Wehrleute und die Kompanie Linum lagen in der großen Schanze.

Die anderen beiden Kompanien Bauernwehr und die Reiterabteilung Freese standen hinter den Scheunen im Rückhalt. Hier hatte auch Meister Zicklein hinter seinem

Pflasterkasten Aufstellung genommen. Die Abteilung Freese hatte inzwischen ihre Pferde getränkt und wenigstens etwas gefüttert; die Futterbeutel wurden jetzt abgenommen und die Pferde wieder gezäumt.

Eine halbe Stunde verging; alles war gespannt; den meisten Wehrleuten klopfte das Herz. Es war ja das erste mal, dass sie ins Gefecht kamen.

In ruhigem Schritt ritt indes der Vortrupp der feindlichen Kürassiere die Landstraße entlang; immer deutlicher wurden ihre Gestalten.

Einige Mann setzten sich plötzlich in Trab, eine vorgeschickte Streife. Dem Führer waren die beiden Schanzen am Stadteingang doch wohl aufgefallen.

Näher und näher kam die Streifschar.

„Kein Schuss fällt!" befahl Oberstleutnant Henning.

In diesem Augenblick ging eine Muskete los: Knall! Die Kürassiere warfen ihre Pferde herum und galoppierten zurück. Getroffen war keiner.

„Himmel-Kreuz-Wetter!" fluchte Oberstleutnant Henning. „Eben sag ich's, und schon knallt es. Es wird nicht eher geschossen, als ich es befehle. Der Feind soll mir erst in Schussweite kommen. Wer mir noch einmal drauflos böllert, mit dem fahr ich ums Morgenrot!"

Die Musketiere machten sich klein, aber die Pikenträger grinsten, trotz des Ernstes der Stunde. Es bestand ein gewisser Neid zwischen beiden Waffengattungen.

Die feindliche Kavalleriespitze hatte indes haltgemacht; ein Viertelstündchen verging. Eine Kompanie Musketiere ging auf der Landstraße gegen die Schanze vor und entwickelte sich bald in Linie.

Dreihundert Schritt! Oberstleutnant Henning gab einen Pfiff.

„Legt an! — Feuer!" schrie der Dragoner, der die Musketierabteilung kommandierte. Diesmal klappte die Sache. Ein einziger Knall ertönte.

„Gut!" rief der Oberstleutnant. Drüben war eine Anzahl Leute gefallen.

Jetzt war auch der Feind in Feuerstellung. Zwei Glieder kniend, das dritte und vierte stehend, gaben sie eine krachende Salve ab. Pfeifend zischten die Geschosse heran, die Wehrmänner duckten sich unwillkürlich. Zu kurz! Zwanzig Schritt vor der Schanze spritzte die Erde unter den Einschlägen auf.

Inzwischen hatten sich die Verteidiger wieder nachgeladen, und ihre zweite Salve krachte. Wieder fielen Leute drüben. Oh, sie konnten schon hinhalten, die alten Bauern!

Schon flog die nächste Salve von feindlicher Seite heran. Ein Mann der Wehr brach zusammen. — Tot. Kopfschuss. Zwei Mann wurden verwundet. Man führte sie zu Meister Zicklein.

Im ersten Augenblick lief ein heftiger Schreck durch die Reihen der Bauernwehr. Einer sah den andern an. Aber der kennt die havelländischen Bauern schlecht, der da denkt, die ließen locker. Die lassen nicht locker. Mit grimmigen Mienen stießen sie die Ladestöcke in ihre Musketenläufe.

Indessen setzte der Feind eine Kompanie Pikeniere an, die die Schanze umfassen sollte. Sie marschierte auf die Schanze der Dragoner los, anscheinend in der Annahme, jene sei nicht besetzt.

Darauf hatte der Dragonerrittmeister nur gewartet. Auf fünfzig Schritt ließ er die unter Trommelschlag anrückende Sturmkolonne herankommen, dann pfiff er ab, und eine wohlgezielte Salve fegte in die Glieder des Angreifers; an die zwanzig Mann lagen tot, viele waren verwundet.

Mit unbewegtem Gesicht, alles beobachtend, jeden Nerv gespannt, stand Oberstleutnant Henning auf einem erhöhten Kommandostand in der Schanze und überblickte das Gefechtsfeld. Drüben entwickelten sich weitere Kompanien, und jetzt fuhr in hartem Trab der schweren Gäule Artillerie heran.

„Die Reservekompanien, ebenso die Bauernreiterei rücken ab, über die Brücke und weiter nach Hakenberg und Linum!" befahl der Oberstleutnant dem Adjutanten.

„Jawohl!" erwiderte dieser und lief zu seinem in Deckung stehenden Pferd, den Befehl zu überbringen.

Wieder unbewegten Gesichts, beobachtete Oberstleutnant Henning das Gefecht. Die Artillerie war von der Straße abgebogen und steckte in einem verschneiten Feldweg fest; man sah, wie die Fahrer peitschten und die Stückknechte von den Protzen sprangen und in die Speichen griffen.

„Hauptmann Warnke!" — der Oberstleutnant winkte Warnke heran —. „Die Schanze wird geräumt. Abmarsch über die Rhinbrücke! Verstanden?"

Die Pikeniere rückten ab, während noch die Musketenträger die letzte Salve hinübersandten; mit den Pikenieren die Abteilung Freese; letztere ohne am Kampf teilgenommen zu haben, wie Jörg mit Bedauern feststellte.

Oberstleutnant Henning ließ sein Pferd vorführen und ritt im Schritt mit den Bauernwehren ab, die Dragonerkompanie bildete die Nachhut.

Als die feindlichen Geschütze, endlich in Stellung gebracht, schussfertig waren und die ersten Bomben herüberwarfen, dass Feuersäulen und Erdklumpen aus jedem Einschlag spritzten, lag die Schanze bereits leer und verlassen.

In jenem niedergeschlagenen Schweigen, wie dies ein Rückzug immer erzeugt, marschierten die Bauernwehren die Straße zurück, die sie vor Wochen gekommen waren. Oberstleutnant Henning wollte auf den Hakenberger Höhen wieder Stellung nehmen.

In früher Nachmittagsstunde langten die Bauernwehren an dem Hakenberger Wäldchen an; hier sollte biwakiert werden.

Es wurden Kommandos eingeteilt, die Stroh und Wasser holen und Kochlöcher graben sollten; das Gros sollte vorerst rasten und dann eine größere Verteidigungsstellung ausheben.

Während dies alles angeordnet und eingeteilt wurde, trabte auf einem abgejagten und schweißtriefenden Pferd ein einzelner Reiter heran. Bei seinem Näherkommen unterschied man die Straußenfeder des Offiziers auf seinem Hut und die brandenburgische Feldbinde. Es war ein kurfürstlicher Kurier.

Er sprengte auf Oberstleutnant Henning, der vor der Front hielt, zu und überreichte ihm eine Depesche. Der Oberstleutnant brach sie auf und überflog sie.

„Alles herhören!" rief er mit weithin schallender Stimme. „Der Herr Statthalter, der Fürst von Dessau, ordnet an, dass dem übermächtig vordringenden Feind kein weiterer Widerstand geleistet werden soll. Die Bauernwehren sind aufzulösen. Ich gebe diesen Befehl hiermit bekannt. Ich danke euch für eure hingebende Treue und für eure Haltung in dem heutigen Gefecht. Ich bin stolz auf euch!"

Oberstleutnant Henning machte eine kurze Pause, dann schloss er: „Die Kompanien sind somit in die Heimat entlassen. Abmarsch sofort. Die Fahnen werden eingerollt. Versteckt zu Haus eure Waffen, dass die feindliche Einquartierung sie nicht findet, und verwahrt sie gut" er erhob seine Stimme zu äußerster Kraft, „bis ihr sie wieder braucht!"

Lautes „Heil! Heil!" brach bei diesen Worten aus. Eine halbe Stunde später rückten die Bauernwehren stumm und ernst in ihre Heimatdörfer ab. Oberstleutnant Henning und seine Dragoner ritten auf Brandenburg, um sich von dort aus weiter durchzuschlagen. Ein Schlusssatz in der Depesche hatte sie nach Berlin beordert, um die Landeshauptstadt schützen zu helfen.

5. Kapitel
Einquartierung

Jörg ging schon am andern Morgen seiner gewohnten Arbeit nach: er striegelte die Pferde. Es waren zur Zeit mit seinem Beutepferd vier an der Zahl. Der Kürassiergaul hatte sich gut herausgefressen. Jetzt sah man erst, was für ein kräftiges Tier das war. Jörg freute sich, seinem Oheim, der immer so gut zu ihm gewesen war, ein so wertvolles Stück in die Wirtschaft gebracht zu haben.

Ja, ja! Bei den Soldaten konnte man es zu etwas bringen. Zu Geld und vor allen Dingen zu Ehren. Er wollte Soldat werden, der Wunsch festigte sich in ihm zum festen Entschluss. Wie ein Blitz aus heiterem Simmel hatte ihn die Auflösung getroffen. Am liebsten wäre er gleich mit den Dragonern geritten. Die Auflösung der Verbände und der Abmarsch hatten sich aber so schnell vollzogen, dass er keine Zeit gefunden hatte, mit dem Oheim zu sprechen. Und ... davonlaufen wollte er ihm doch auch nicht.

Die vier Pferde waren gestriegelt und gefüttert. Sein Peter sah ordentlich kümmerlich aus gegen die andern; seine Flanken waren eingefallen von den Anstrengungen der letzten Zeit.

Jörg ging zum Frühstück ins Haus hinüber. Warnke und Frau Trude saßen bereits bei der Morgensuppe; Hedwig wirtschaftete draußen und machte die jüngeren Geschwister zur Schule fertig.

„Herr Oheim", begann Jörg, er fühlte, wie ihm das Herz klopfte, „ich möchte um Eure Erlaubnis bitten, mich zu den Soldaten melden zu dürfen."

„Zu den Soldaten?" fragte Warnke, etwas wie Überraschung und Bedauern klang aus seinem Ton. „Gefällt es dir bei mir nicht mehr?"

„Doch, doch!" versicherte Jörg. „Aber ich habe das Soldatenleben jetzt kennengelernt, ich war mit Leib und Seele dabei. Ich fühle, ich bin zum Soldaten geboren."

„Na, dir scheinen sie ja schöne Raupen in den Kopf gesetzt zu haben!" warf Frau Trude ein, ihre Mundwinkel zuckten.

„Ich habe gesehen, dass du mit Leib und Seele Soldat warst", versetzte Warnke; „und du hast dich sehr wacker gehalten, alles was Recht ist. Aber denke einmal, wenn du immer ein solch unruhiges Leben führen sollst! Da sieht's dann ganz anders aus. Nein, nein, Jörg! Bleibe im Land und nähre dich redlich."

„Das habe ich mir wohl überlegt, Herr Oheim", entgegnete Jörg. „Und das würde stimmen, wenn ich eine Scholle hätte, auf der ich mich redlich nähren könnte. Euern Hof übernimmt einmal Fritz. Was soll aus mir werden? Mein ganzes Leben Knecht zu bleiben, danach steht mein Sinn auch nicht. Ich weiß, dass Ihr es gut mit mir meint, Herr Oheim", schloss Jörg; „aber ich glaube, bei den Soldaten mein Glück machen zu können, und ich bitte, gebt mich frei; denn es ist eine Zeit, in der der Herr Kurfürst Soldaten braucht."

Da fuhr Frau Trude auf, so heftig, wie Jörg sie noch nie gesehen hatte. „Freigeben sollen wir dich? Und gleich freigeben?" rief sie. „Damit du den Soldaten nachlaufen und dein Glück machen kannst? Was aus uns wird, ist dir natürlich gleichgültig. Vier Pferde stehen im Stall und müssen besorgt werden; feindliche Einquartierung ist stündlich zu erwarten; wir brauchen einen verlässlichen Menschen auf dem Hof! Was schert das dich? Du musst den Soldaten nachlaufen, dein Glück machen. Ist das der Dank, dass wir dich als kleinen verlassenen Knaben aufgenommen und treulich wie ein eigenes Kind aufgezogen haben?"

Jörg wurde glühend heiß bei diesen Vorwürfen; er fühlte sich beschämt und gedemütigt.

„Still, Mutter!" sagte Warnke, der die Ruhe nie verlor. „Du vergisst eines: dass man seine Kinder nicht für sich erzieht; wenn die Jungen flügge sind, ziehen sie ab. Im Übrigen aber, Jörg", wandte er sich an diesen, „hat Mutter vollständig Recht. Es würde mir sehr schwer werden, dich jetzt gehen zu lassen; denn ich brauche einen zuverlässigen Menschen auf dem Hof, das ist wahr. Werde du Soldat, ich halte dich später bestimmt nicht. Aber vorläufig bleibst du hier bei mir."

Jörg atmete schwer. „Ja, Herr Oheim!" stieß er hervor und reichte ihm die Hand; aber er hatte dabei ein Gefühl, als sei ihm alles verschüttet. Jetzt kannte man ihn bei den Dragonern; wenn er jetzt käme, würde man ihn mit offenen Armen aufnehmen. Kam er erst später ... Gott weiß wann?... würde man nichts mehr von ihm wissen. Ihm war, als hätte er sich durch sein Wort seine ganze Zukunft abgeschnitten.

Warnke war in die Ställe hinübergegangen, Frau Trude in die Küche. Jörg blieb am Tisch sitzen, in seine trüben Gedanken verloren.

Da legte sich eine Hand leicht auf seine Schulter.

„Fällt es dir so schwer, bei uns zu bleiben?" fragte Hedwig und sah ihm halb lächelnd, halb traurig ins Auge.

Jörg nickte. „Ja, Hedwig!" erwiderte er. „Aber ... ich bin zum Soldaten geboren. Seit ich das Soldatenleben kennengelernt habe, gibt es für mich nichts anderes mehr. Und ... bei den Soldaten kann ich es zu etwas bringen. Hier kann ich es zu nichts bringen. Hier kann ich nur als Knecht auf eurem Hof herumlaufen, bis ich alt und grau bin."

„Aber, Jörg", rief Hedwig, und eine leichte Röte färbte ihre Wange, „hat dich schon einer von uns fühlen lassen, dass du Knecht auf dem Hof bei uns bist?"

„Nein!" versetzte Jörg. „Das habt ihr nicht getan. Aber andere Leute haben das getan."

„Wer hat das getan?" drang Hedwig in ihn.

„Klaus Lewerentz", erwiderte Jörg und zeigte mit dem Daumen über die Schulter nach dem Nachbargehöft. „Ich hab's dir gar nicht erzählt."

„Wann war denn das?" forschte Hedwig.

„Bei der Ausmusterung der Reiter", versetzte Jörg.

Hedwig dachte an das Gespräch, das sie an jenem Tag mit Klaus im Garten geführt hatte.

„Es ist eben, wie es ist", sagte Jörg aufstehend. „Ich habe deinem Vater mein Wort gegeben, und ich bleibe auf dem Hof. Und wenn es dreimal als Knecht ist."

„Wird es dir so schwer, Knecht zu sein?" fragte Hedwig abermals und sah ihn ganz traurig an.

„Ja, das wird mir sehr schwer!" erwiderte Jörg. „Wenn ich denke, dass ich an anderer Stelle Besseres leisten könnte. Ich will meinem Vaterland mit der Waffe dienen, nicht mit der Heugabel und dem Dreschflegel." Damit ging er hinaus, seine Pferde anzuschirren.

Er spannte die beiden Stangenpferde und den Kürassiergaul an; sein Peter sollte Ruhe haben. Dann fuhr er ins Luch, ein Fuder Heu aus ihren Schobern zu holen.

Der Weg war durch die Schneeschmelze in einen unergründlichen Sumpf verwandelt worden; mit dampfenden Pferden kam er erst gegen die Mittagszeit nach Linum zurück.

Als er in die Dorfstraße einfuhr, fand er diese von wimmelndem Leben erfüllt. Lochgetürmte Gepäckwagen standen inmitten der Straße; Kürassiere, ihre Pferde am Zügel, und Musketiere gingen Quartier suchend von Hof zu Hof; die Soldatenfrauen und ...kinder folgten ihnen. Die Kinder hatten sich sofort an ihre gewohnte Arbeit gemacht: sie jagten.

Jörg fühlte, dass er im Augenblick mehr gefährdet war, als beim Streifereiten. „Den haben brandenburgische Dragoner bei uns eingestellt und nicht mehr abholen können", erwiderte er schnell gefasst. „Es ist ein Beutepferd."

„Dann gib den Gaul wieder her!" sagte der Offizier in ruhigerem Tone.

Im Handumdrehen hatten die Trossknechte das Kürassierpferd ausgespannt; zweispännig und mit leerem Wagen konnte Jörg weiterfahren.

Er bog in den Schulzenhof ein. Auch hier stand ein großer Gepäckwagen mitten auf dem Hof, und einige Trossknechte, wilde, zerlumpte Kerle, waren dabei, große und schwere Koffer abzuladen. Sonst war es ruhig. Die fremden Soldatenkinder hielten sich fern.

Jörg spannte aus und führte seine Pferde in den Stall. Der Stall war besetzt. Zwei Reitpferde edelster Brabanter Zucht standen dort, in denen sonst seine Stangenpferde ihren Platz hatten, und vier schwere Wagenpferde in den Notständen. Seinen Peter hatte man in seinem Stand belassen.

Auf der Futterkiste saß ein Trossknecht, ein älterer Mann; sein bärtiges Gesicht und seine dicke rote Nase schienen anzudeuten, dass er Korn in gebranntem Zustand mehr schätzte als in gemahlenem.

„Bleib draußen mit deinen Kleppern!" schrie er Jörg an, als dieser die Stalltür aufstieß. „Hier hast du gar nichts zu suchen."

Wohin mit seinen Pferden? Jörg sah sich suchend nach seinem Oheim um. Warnke war nicht zu sehen. Jörg stellte seine Pferde im Kuhstall ein; er sah, dass hier bereits sechs Stände leer waren. Die sechs Kühe hatte wohl die Einquartierung schon requiriert.

Dann ging er in das Wohnhaus hinüber. Eben trat auch der Offizier ein, der ihn auf der Straße angehalten hatte. Es war der Leutnant Rasmussen vom Kürassierregiment Stalhanske. Er war, wie die meisten Angehörigen der schwedischen Truppen, ein Deutscher von Geburt und in Deutschland geworben.

Er ging in das Wohnzimmer, die Tür hinter sich zuschlagend. Hier stand Warnke, auf ihn wartend.

„Hast du dich jetzt besonnen, was du an barem Geld hast, Bauer?" fragte er kurz und herrisch. Jörg hörte die Verhandlung durch die Küchentür mit an.

„Ich bin kein reicher Mann, Herr Leutnant!" versetzte Warnke. „Das Geld scheffelt bei uns nicht. Was ich habe, werde ich Euch geben." Er ging an die Truhe in der Ecke, kramte eine Meile darin und holte dann den mit harten Talern gefüllten Beutel, den er zurückbehalten hatte, heraus.

Rasmussen wog ihn in der Hand. „Ein bisschen leicht!" sagte er mit einem spöttischen Lächeln, sein hartes Auge wurde stechend. „Sind wohl nicht viele Taler drin ... he?"

„Alle, die ich habe!" versetzte Warnke.

Die Tür ging auf, und herein rauschte in gepufftem seidenem Reifrock eine Dame; sie trug lange Ohrgehänge und ein kostbares Perlenhalsband. „Ein jämmerliches Haus, in das wir da geraten sind!" sagte sie ärgerlich. „Denkst du, hier ist anständige Wäsche? Ganz altes Leinen, das schon von selbst reißt. ... Hast du Geld?"

„Ja!" erwiderte der Landsknechtsleutnant und gab ihr den Beutel. „Das ist alles."

Auch die Frau wog den Beutel in der Hand. „Ich glaube", sagte sie kalt, „es wäre nützlich, den schwedischen Trank in Anwendung zu bringen." Sie lachte. „Der holt die verstecktesten Dinge ans Tageslicht."

Der schwedische Trank, der von den schwedischen Truppen eingeführt worden war, nachdem nach dem Tode des Königs Gustav Adolf die straffe Manneszucht gerissen war, und der auch jetzt noch, fast dreißig Jahre nach Beendigung des großen Krieges, die schwedischen Landsknechtstruppen zum Fürchten brachten, bestand darin, dass den unglücklichen Einwohnern zur Erpressung von Geld und Wertsachen so lange Jauche in den Hals gegossen wurde, bis sie die Verstecke gestanden oder erstickten.
In diesem Augenblick erhob sich draußen auf dem Flur eine lärmende Stimme.
„Das ist doch Henrik?" fuhr die Frau fort und sah ihren Mann fragend an.
Inzwischen war einer der Reiterjungen, wie sie die schwedischen Offiziere und Unteroffiziere, auch die älteren Mannschaften fast durchweg im Dienst hatten, ins Haus getreten; es war ein großer, stämmiger Junge, ein oder zwei Jahre älter als Jörg; ein wilder Schopf umspannte sein sommersprossiges und pockennarbiges Gesicht; doch lag in seinen kleinen grauen Augen trotz aller Verschlagenheit und Verwilderung eine gewisse Gutmütigkeit. Über der Schulter trug er ... die Fahne der Bauernwehr. Warnke hatte diese an sich genommen und auf dem Heuboden versteckt.

Donnerwetter! Jörg, der noch immer in der Küche stand, erschrak tödlich. Das konnte ihnen allen den Hals kosten!

„Was hast du denn da?" fragte er, auf den Reiterjungen zutretend.

„Das wirst du besser wissen als ich!" erwiderte der Junge mit einem pfiffigen Lächeln.

„Gib die Fahne wieder her, ja?" sagte Jörg, so ruhig, wie er konnte. „Es ist unsere Kirchenfahne."

Wieder lächelte der Junge pfiffig. „Kann ich mir denken!" versetzte er. „Die tragt ihr, wenn ihr zu einem Kirchenfest über Land zieht? Und Musketen und Piken habt ihr dann auch bei euch wie an der Rhin... brücke!"

„Ach, Unsinn!" versetzte Jörg. „Gib her! Die Fahne hat ja für euch keinen Wert." Er griff nach dem Fahnenstock, um die Fahne dem Burschen abzunehmen.

„Nichts da!" rief der Junge und stieß Jörg kräftig zurück „Erst werde ich die Fahne meinem Leutnant zeigen!"

Die Tür ging auf, Leutnant Rasmussen trat heraus.

„Henrik!" Die scharfe Stimme des Landsknechtsleutnants klang unheimlich ruhig. „Was hast du da? Was geht vor?"

„Ich habe diese Fahne auf dem Heuboden gefunden und wollte sie dem Herrn Leutnant zeigen. Es ist ..." schloss er mit einem verschmitzt lachenden Blick auf Jörg ... „die Kirchenfahne."

„Schöne Kirchenfahne!" schrie Rasmussen. „Die Fahne des Aufruhrs ist das!" Sein Blick fiel auf Jörg. „Ah! Den

Burschen kenn ich. Der hatte das Kürassierpferd vor dem Wagen! Und nun die Fahne! Da haben wir ja mitten in das Wespennest hineingegriffen! Bauer, komm mal hierher!" Er winkte Warnke heran. Der kam, bleich zwar, aber hoch aufgerichtet. „Du hast die Fahne des Aufruhrs in deinem Hause verborgen und hast ein schwedisches Kürassierpferd in deinem Stall gehabt und zu deinem Dienst benutzt. Willst du das leugnen?"
„Leugnen?" wiederholte Warnke mit einer dumpf grollenden Stimme. „Nein! Ich habe nichts zu leugnen, und ich habe mich nicht zu rechtfertigen. Wir haben unser Land verteidigt! Wenn das ein Verbrechen ist, was tut dann Ihr, die Ihr für einen fremden Herrn die Waffen tragt?"
„Halt dein Maul, Kerl!" schrie Rasmussen. „Du kommst vor ein Kriegsgericht und wirst erschossen!"
Warnke hatte ein Gefühl, als ob eine unsichtbare Faust ihm die Kehle zuschnüre; aber er zuckte mit keiner Miene. „Ich bin mir keiner Schuld bewusst!" sagte er nur.
„Ist hierbei auch nicht nötig!" lachte Rasmussen spöttisch. „Henrik, hol die Wache!" Henrik lief und kam in kurzem mit zwei Kürassieren zurück, die Warnke in ihre Mitte nahmen.
Frau Trude kam eben mit Hedwig die Kellertreppe herauf, als ihr Mann abgeführt wurde. Die Fahne, die an

der Wand lehnte, sagte ihr alles. Mit einem dumpfen Aufschrei brach sie zusammen.
Hedwig fing sie in ihren Armen auf. „Mutter", rief sie verzweifelt, „mein Gott, kommt zu Euch! Ich sterbe vor Angst!"
Frau Trude richtete sich mit einem tiefen Seufzer langsam auf.
Jörg und Hedwig halfen ihr aufstehen und führten die Wankende in die Küche.
Auch Henrik, der landfremde Junge, stand dabei, nicht ganz ungerührt, wie es schien, und rückte einen Stuhl zurecht.
Jörg wandte sich ihm zu. „Da siehst du, was du angerichtet hast!" sagte er mit zornfunkelnden Augen. „Warum musstest du auch die Fahne hervorzerren und zum Verräter an uns werden, du, ein Deutscher, an deinen deutschen Landsleuten! Pfui! Das war gemein von dir!"
Henrik sah Jörg von oben bis unten an. „Du", sagte er langsam, „eigentlich müsstest du jetzt eine Tracht Prügel bekommen. Aber ... war das dein Vater?"
„Ja", erwiderte Jörg, „mein Vater, wenn auch nicht mein wirklicher Vater. Ich bin in seinem Haus groß geworden."
„So?" entgegnete Henrik. „Da hast du ja großes Glück gehabt. Ich kenne bloß das Lagerleben, und das besteht aus Stehlen, Rauben und Plündern, und für mich aus Prügelkriegen. Ich weiß nicht, was eine Heimat ist. ...

Frau!" wandte er sich an Frau Warnke, die voll ständig gebrochen am Tisch saß, so dass die heitere und sonst so aufgeschlossene Frau nicht wieder zu erkennen war, „Kriegsgericht, sagte der Rasmussen? Die Kriegskasse ist ihm die Hauptsache. Seine eigene Kriegskasse. Habt Ihr Geld, so gebt's ihn, ist's genug, so wird sich das Geschäft schon anlassen."

Damit schob er sich langsam und schwerfällig ... er hatte sich einen solchen Gang angewöhnt ... zur Tür hinaus.

„Schnell, schnell! In den Garten!" raunte Frau Trude. „Nicht ein Augenblick darf verloren werden!"

Eilends liefen sie hinter die Scheune. Der frühe Wintertag ging bereits seinem Ende zu, und die Dämmerung webte zwischen den Scheunen und den Bäumen des Gartens. Jörg grub, was das Zeug hielt. Die beiden Frauen hielten Wache.

Wohl eine Viertelstunde arbeitete Jörg. Da bog einer von den einquartierten Kürassieren um die Ecke der Scheune, und, wie aus der Erde gewachsen, tauchte Henrik auf, diesem entgegenschlendernd.

„Was machen die Leute denn hier?" fragte der Landsknecht. „Wollen doch mal zusehen."

„Die haben eben einen toten Hund begraben!" lachte Henrik. „Komm, der stinkt schon!" Damit zog er den Landsknecht mit sich.

Da erhob sich nebenan in Lewerentz' Garten lautes Geschrei.

„Wollen sehen, was da los ist!" fuhr Henrik fort; die beiden gingen zum Gartenzaun, um hinüberzusehen. Indes entschlüpften Frau Trude und die beiden jungen Leute; Jörg trug die dicke Geldkatze unter dem Arm.

Drüben schleppten sie den alten Lewerentz auf den Hof. Er sollte den schwedischen Trank kosten.

Inzwischen waren Frau Trude und Hedwig ins Haus gelaufen. Mit zitterndem Herzen klopfte Frau Trude an die Tür ihres Wohnzimmers, das der Leutnant für sich und seine Frau mit Beschlag belegt hatte. Die beiden hatten sich dort häuslich eingerichtet; die Frau war beim Auspacken ihrer Kleider und Habseligkeiten; der Leutnant saß Pfeife rauchend am Fenster und sah ihr zu.

„Was will die alte Hexe?" fragte er, als Frau Trude zögernd eintrat. „Bist du die Bauernfrau?"

„Ja!" versetzte Frau Trude, sie zitterte am ganzen Körper. „Ich wollte meinen Mann freibitten, Herr Leutnant! Er hat nichts getan ..."

„Nichts getan?" donnerte der Leutnant mit gewaltigem Stimmaufwand. „Er hat die Fahne des Aufruhrs in seinem Haus gehabt. Das genügt. Er wird erschossen."

Frau Trude schrie weinend auf. Sie warf sich vor dem fremden Offizier auf die Knie. „Ich bitte um sein Leben!" schrie sie. „Es war doch keine Fahne des Aufruhrs. Der

Statthalter unseres gnädigsten Landesherrn hatte das Aufgebot befohlen. Wir sind doch die Untertanen unseres Herrn Kurfürsten und nicht eures Königs."

„Wir wollen darüber nicht streiten", versetzte Rasmussen kalt. „Landesherr ist, wer euch in der Gewalt hat, und das sind wir. Du willst also deinen Mann lösen, Frau? Ja?"

„Ja!" rief Frau Trude, und ein Hoffnungsstrahl leuchtete in ihren Augen auf.

„Zeig deine Geldkatze her!" sagte Rasmussen.

Frau Trude reichte sie ihm. Rasmussen hob die schweren, mit harten Talern gefüllten Beutel heraus und stellte sie auf den Tisch. „Zu wenig!" sagte er geringschätzig.

Frau Trude wurde totenbleich „Es ist alles, was wir haben!" stieß sie hervor und heftete ihre Augen angstvoll und völlig verzweifelt auf den grausamen Peiniger.

Die Frau des Offiziers hatte mit Auspacken aufgehört; sie warf einen Blick auf das völlig geknickte und verzweifelte Weib, das da auf den Knien lag und jetzt die tränenschwimmenden Augen auf sie richtete; und eine Spur von Mitgefühl schien sich in ihr zu regen.

„Na, nimm's schon!" sagte sie über die Schulter zu ihrem Manne. „Der Hof ist nicht allzu groß; es wird wohl die Wahrheit sein."

In diesem Augenblick schob sich Henrik ins Zimmer.

„Lauf zum Spritzenhaus!" befahl der Leutnant diesem. „Der Bauernkerl ist auf freien Fuß zu setzen." Ein stilles Lächeln flog über die verwilderten Züge des Jungen. Er schoss förmlich aus dem Zimmer.

Frau Trude aber atmete auf, als sei ihr selbst das Leben neu geschenkt. Kurze Zeit später hielt sie ihren Mann in den Armen.

Die Fahne aber mussten Warnke und Jörg eigenhändig verbrennen, zur Strafe, dass sie sie aufbewahrt hatten. Als Rache wollte er eine schwedische Reiterstandarte erobern, dachte Jörg mit glühendem Herzen. Wenn er einst Soldat sein würde!

6. Kapitel
Eine neue Freundschaft

Man hoffte in Linum von Tag zu Tag, die Einquartierung würde wieder abrücken. Gerüchte gingen um, wonach ein großes kurfürstliches Heer herannahe, was bestimmt den Abmarsch der feindlichen Truppen zur Folge haben werde. Alle Hoffnung war vergebens. Immer behaglicher richteten sich die lästigen Gäste in ihren Quartieren ein. Die schwedische Armee schien mit ihrem Vormarsch zur Elbe nicht die geringste Eile zu haben.

Die Kürassiere vom Regiment Stalhanske und die Musketiere vom blauen Dalwigschen Regiment, die zum Teil ebenfalls in Linum lagen, gebärdeten sich in ihren Quartieren vollständig als die Herren. Frau Trude hatte zu ihrer eigenen Küche keinen Zutritt mehr oder doch nur, falls die Frau des Offiziers, „die Gnädige", wie sie sich nennen ließ, nichts dagegen hatte. Am Vormittag pflegte diese selbst darin zu schalten; Frau Trude und Hedwig durften ihr aber zur Hand gehen. Die Gnädige kochte selbst, und nicht ganz schlecht. Das Gerücht wollte wissen, sie sei früher Köchin beim Bürgermeister von Stettin gewesen, aber ihrem Herrn durchgebrannt, um mit den Soldaten zu ziehen. Jedenfalls verstand sie die feine Küche. Fleischpasteten, Hühnerfrikassees, Braten der verschiedensten Arten gingen in höchster

Vollendung unter ihren kunstgeübten Händen hervor. Nur die Beschaffung der Vorräte blieb ihren Wirten vorbehalten und ... das Abwaschen der gebrauchten Töpfe, Schüsseln und Teller. Warnke und Frau Trude wussten oft nicht, woher sie all die Hühner und Enten noch bekommen sollten; denn auf ihrem Hof lief kein einziges Hühn mehr herum. Oft musste Jörg nach Fehrbellin zu den Fischern laufen, um als Ersatz einen schönen Hecht oder fetten Aal zu holen.

Nicht besser als den Frauen erging es Warnke und Jörg. Sie fanden den Zugang zu ihrem Pferdestall dauernd durch den rotnasigen Kutscher bewacht. Ihre Stangenpferde blieben weiterhin im Kuhstall eingestellt, und Warnke hatte in der jetzt beginnenden Saatzeit nur zwei Pferde zur Verfügung. Jörgs Peter hatte Gnade vor den Augen des Leutnants gefunden, und dieser hatte ihn zu seinem Lieblingsreitpferd gemacht. Es erfüllte Jörg mit einer namenlosen Wut, wenn der Herr Landsknechtsleutnant auf seinem Peter draußen beim Pflügen an ihm vorbeiritt und regelmäßig ein höhnischer Blick aus seinen harten, stechenden Augen auf ihm haftete. Dass sein Peter diesen widerwärtigen Kerl überhaupt trug und nicht in den Straßengraben setzte, das wurmte Jörg sehr.

Und ein zweites ärgerte ihn noch viel mehr, wenn das möglich war, und zwar, dass Hedwig der „Gnädigen"

Dienste als Kammerzofe leisten musste! Dass sie, die freie Bauerntochter, von jenem fremden Weibe zu Magddiensten erniedrigt wurde.

Nur mit einem von der ganzen Gesellschaft machte Jörg eine Ausnahme: das war Hinrich. So hieß er eigentlich. Den Namen Henrik hatte Leutnant Rasmussen ihm zugelegt, damit die Sache einen etwas nordländischen Anstrich bekäme. In der Mark, in Pommern ... Hinrich war, wie ja auch Jörg, aus Pommern ... taugten die Menschen nichts; die Schweden seien was Besseres! hatte Hinrich lachend gesagt, als er Jörg seinen wahren Namen mitgeteilt hatte.

„Und wie heißt du denn mit deinem Vaternamen?" fragte Jörg, als sie beide eines Sonntagnachmittags vor dem Stall saßen und rauchten. Jörg hatte sich dies Laster der Soldaten auch schon angeeignet; beinahe vertrug er es schon.

„Mit richtigem Namen?" fragte Hinrich zurück. „Den weiß ich selber nicht. Ich war sechs Jahre alt, als der Hof, der meinen Eltern gehört hatte, abbrannte, und die fremde Soldatenfrau, die dann meine Mutter wurde, mich mitnahm."

„Du weißt deinen Namen gar nicht?" fragte Jörg.

„Nein, ich weiß ihn nicht", entgegnete Hinrich. „Oder ich habe ihn vergessen."

„Den Namen des Ortes, aus dem du stammst, weißt du auch nicht?" fragte Jörg.
„Den weiß ich auch nicht!" versetzte Hinrich zögernd. „Wenn ich ein Blatt im Winde fortfliegen sehe, dann denke ich oft: Solch ein Blatt bist du auch! ... Du bist doch gewiss in der Schule gewesen und kannst lesen und schreiben?" schloss Hinrich.
Jörg nickte.
„Ich habe nichts gelernt, bloß stehlen ... und Pferde pflegen", ein frohes Lächeln ging bei den letzten Worten über Hinrichs braungebranntes sommersprossiges Gesicht. „Aber beides verstehe ich vom Grund auf."
„Musst du bei der Gnädigen auch stehlen?" fragte Jörg.
Hinrich richtete sich auf und machte mit pfiffigem Gesicht eine entrüstet ablehnende Sandbewegung. „Stehlen?" rief er. „Das kommt gar nicht in Frage! Es heißt einfach: Henrik, besorge mir zu meiner Pastete ein paar Täubchen ... ohne zu bezahlen, versteht sich. Oder: Besorge mir doch ein paar Ellen Samt zu einem Jäckchen, hörst du? Oder der Herr Leutnant will Tabak besorgt haben, oder neue Sporen. Und wenn ich das nicht besorge, beziehe ich den Buckel voll Prügel."
„Ja, ja!" sagte Jörg und streifte Hinrich mit einem bedauernden Blick.
„Ich will aber nicht mehr stehlen und Prügeljunge sein", fuhr Hinrich fort. „Ich will Soldat werden. Aber mein

Leutnant lässt mich ja nicht, weil er dann keinen mehr hat, der ihm seine Besorgungen macht und seine Pferde pflegt. Ich werde aber doch Soldat! Trompeter! Reiten und Trompete blasen, das ist für mich das schönste!" Er zog eine kleine Flöte aus der Tasche und fing an, zu spielen, ernste und heitere Lieder, mit einem Ausdruck und einem Gefühl, dass Jörg das Herz höher schlug.

Hedwig trat in die Haustür. Auch sie hörte eine Weile zu, mit lächelndem Munde.

„Du kannst aber schön spielen, Hinrich!" sagte sie dann. „Wo hast du denn das gelernt?"

„Das hab ich gar nicht gelernt", versetzte Hinrich. „Das braucht man nicht zu lernen. Das muss im Menschen drin liegen. Wenn mein Leutnant mir was sagt oder die Gnädige, das hab ich hundertmal vergessen, und wenn mich das eine Tracht Prügel kostet; wenn ich aber ein schönes Lied höre, sitzt das bei mir fest und wird nicht wieder vergessen." Er setzte wieder seine Flöte zu einem Tanzlied an ... „Der Haus liebt die Grete, tandaradei!" Heiter wie die plätschernden Wellen klangen die anmutigen Läute und Triller, und wieder hörte Hedwig mit lächelndem Mund ihm zu.

Ein seltsames Gefühl erfasste Jörg; er hätte in diesem Augenblick etwas darum gegeben, wenn er auch hätte Flöte spielen können. Es war doch seltsam, dass man beinahe jeden Menschen um irgendetwas beneiden konnte, sogar diesen armen Reiterjungen, der nicht Vater und Mutter, nicht einmal seinen Namen kannte.

Drin im Haus ertönte eine scharfe Frauenstimme, sie klang gereizt und erregt: „Hedwig! Hedwig!"

„Die Gnädige!" sagte Hedwig, und ein Zug von Anmut und Ärger flog über ihr hübsches, freundliches Gesicht. „Alle Tage verlangt sie mehr!" setzte sie hinzu. „Man möchte sich nicht mehr aus dem Haus rühren!"

Hinrich hatte sein Spiel abgebrochen. „Du wirst schon gehen müssen", sagte er zu Hedwig. „Sonst gibt's ein nasses Wetter!"

„Mag sie sich doch eine Kammerjungfer halten, wenn sie eine braucht!" trotzte Hedwig. „Ich bin ihr nicht dienstbar!"

„Das will ich meinen!" bekräftigte Jörg und ballte die Faust.

Hinrich summte einige Takte vor sich hin. „Dienstbar?" nahm er ihre Worte auf. „Nein, oder ... am Ende doch! Sie, richtiger, wir ..." er lächelte in seiner pfiffigen Weise, „sind augenblicklich die Herren im Land, und mein Leutnant ist euer derzeitiger Landesherr. Verderbt ihr es nun mit der Gnädigen, habt ihr es auch mit ihm verdorben, und die Zeche bezahlt ihr alle. Auf deinen Vater ist der jetzige Landesherr" ... wieder lächelte Hinrich in seiner verschlagenen Weise ... „überhaupt nicht sehr gut zu sprechen, weil er einen steifen Nacken hat."

Hedwig nickte; sie erwiderte kein Wort, sondern ging schnell ins Haus hinüber. Und Jörg unterdrückte seine Erregung.

„Eigentlich bist du ein Glückspilz, Jörg", fuhr Hinrich fort, „dass dein Schicksal dich hierher verschlagen hat, nachdem du auch deine Eltern verloren hast, wie ich. Du hast dir ein gutes Plätzchen hier ausgesucht, das muss man sagen, und bist als Kind im Haus aufgewachsen. Wenn ich denke, wie es mich herumgerüttelt hat!" Er machte eine Pause und sah gedankenvoll vor sich hin. „Von zehn Jungen, die so aufgewachsen sind wie ich, sage ich dir, gehen neun vor die Hunde. Ich will aber nicht vor die Hunde gehen, und darum will ich weg von meinem Herren, der in Wahrheit ein großer Lump ist. Ich will Soldat werden, Trompeter, und wenn er's dreimal nicht zugibt."

„Du hast es darin leicht", entgegnete Jörg mit einem Seufzer, in Hinblick auf die Schwierigkeiten, die sich ihm bei seinem Vorhaben entgegenstellten. „Dich hält doch nichts bei ihm. Du brauchst ihm nur wegzulaufen."

„Allerdings!" versetzte Hinrich nachdenklich. „Ein bisschen hänge ich aber doch an seinen Pferden, die ich fast ein ganzes Jahr gepflegt habe, und die er bald hingeschunden haben wird, die armen Tiere, wenn niemand mehr sich ihrer annimmt. Ja, ich werde ihm weglaufen", er rieb sich die Stirn. „Aber wohin? Denn wenn ich in eines unserer Regimenter eintrete, würde sich nichts bessern. Ich müsste weiter stehlen, plündern und drangsalieren. Außerdem würde mein Leutnant hinter mir als seinem entlaufenen Reiterjungen her sein und mich den, Profos überliefern."

„Komm zu uns Brandenburgern!" rief Jörg und legte Hinrich die Hand auf die Schulter. „Für mich ist's ja selbstverständlich, dass ich nur da Dienst nehme. Da findest du eine andere Zucht. Hier hat ein kleines Kommando im Quartier gelegen; aber das waren andere Kerle, sage ich dir! Der Oberstleutnant, ein feiner Offizier, unser Wachtmeister Freese, die Dragoner, einer wie der andere, das waren eben Soldaten! Keine Landplacker!"

„Die Brandenburger, meinst du?" wiederholte Hinrich.

Ein ungeheurer Lärm im Wohnhaus ließ die beiden auffahren. Das Schreien einer Mädchenstimme, das Brüllen des Leutnants. Jörg flog mehr über den Hof, als er lief.

Aus dem Wohnzimmer stürzte eben Hedwig. Ihr nach mit geschwungener Reitpeitsche Rasmussen. „Ich werde dich lehren, dich herumzutreiben!" schrie Rasmussen und holte zum Schlage mit der Reitpeitsche aus. Gerade zur rechten Zeit packte ihn Jörg, dem er den Rücken zukehrte, von hinten, stellte ihm ein Bein und riss ihn zugleich hintenüber, so dass er lang zu Boden stürzte und mit dem Kopf hart auf den mit Ziegeln gepflasterten Flur aufschlug, dass ihm das Blut aus Mund und Nase lief.

Im selben Augenblick fühlte Jörg sich gepackt, es war Hinrich, der ihn mit sich riss!

„Fort! Fort!" raunte dieser draußen Jörg ins Ohr. „Du musst fort, wie du gehst und stehst, wenn dir dein Leben lieb ist, und rasch, ehe Rasmussen wieder zu sich kommt. Lauf ins Luch und gib acht, ich bringe dir die nötigsten Sachen, wenn es dunkel ist! Versteck dich gut!"

Er stieß Jörg förmlich von sich; dieser sprang über den Zaun und rannte den Wiesenweg hinab, sich in den Schilfwäldern zu verbergen.

Eine Stunde später schlenderte Hinrich den Weg hinab, am Arm einen gefüllten Rucksack. Die Sonne war untergegangen; es dämmerte über dem Luch, und feuchte Abendnebel lagen über den Wiesen.

Hinrich ging bis in die Nähe des Schilfwaldes; der Boden wurde hier so morastig, dass er sich nicht weiter wagte. Wie nun Jörg finden? Pfeifen? Das konnte Jörg für eine Falle halten. Halt! Er zog seine Flöte aus der Tasche und blies sein Tanzlied in den stillen Abend: „Der Hans liebt die Grete, tandaradei!"

Da tauchte eine dunkle Gestalt aus dem Schilfwald ... Jörg. Die beiden schüttelten sich die Hände.

„Der Leutnant hat dich nicht erkannt", sagte Hinrich. „Aber er hält dich für den Täter. Ich habe ihm aufgebunden, ein fremder Reiterjunge habe sich ins Haus gestohlen, aber er glaubt es nicht. Jedenfalls musst du fort. Hier, das schickt dir deine Pflegemutter, und dein Oheim lässt dir sagen, du dürftest dich nicht sehen lassen, solange der Schwede im Land ist. Du solltest nur nach Berlin gehen, und wenn du nicht wissen solltest, was du da machen könntest, so solltest du bei den Derff... lingerdragonern eintreten; er hätte nichts mehr dagegen." Jörg tat einen Freudensprung.
„Los nun mach, dass du fortkommst!" schloss Hinrich.
„Wie willst du denn weiterkommen?"
„Ein alter Kahn von uns liegt unten bei der Rhin", erwiderte Jörg. „Den nehme ich, der Oheim wird ihn entbehren können, und fahre die Rhin aufwärts bis Kremmen. Dann werde ich mich schon durchschlagen."
Noch ein Händedruck, und Jörg eilte auf einem Schleichweg durch den dichten Rohrwald.
Bald darauf glitt ein Kahn mit leisen Ruderschlägen den stillen Flusslauf zwischen den hohen Schilfwäldern entlang und verschwand in den grauen Abendnebeln.

7. Kapitel
Marschbefehl der Schweden

In der Küche am Küchentisch saß Warnke; er hatte Papier und Gänsefeder vor sich liegen. Hier musste er jetzt seine Schulzengeschäfte erledigen; die Einquartierung hatte sich nach und nach im ganzen Land eingerichtet, und niemand hatte gewagt, ihr entgegenzutreten. Im Augenblick rechnete Warnke und überschlug, wie er seine Wirtschaft durchhalten sollte. Alles beschlagnahmte, die Einquartierung. Es war kein Hafer, kein Brotkorn mehr auf dem Boden; seine beiden Stangenpferde — den Peter hatte Rasmussen dauernd in seinen Dienst übernommen —, die früher so wohlgepflegt gewesen waren, sahen aus wie die Schindmähren; die Knochen standen ihnen aus dem Leib; die drei Kühe, die er nur noch besaß, waren spindeldürr. Die wenige Milch, die sie gaben, verbrauchte die „Gnädige" zu Schlagsahne und süßen Speisen. Seine schönen Kälber aber hatte die Einquartierung lange geschlachtet.

Draußen auf dem Flur tönte jetzt ein fremder Tritt. Warnke horchte auf; der alte Lewerentz trat über die Schwelle. Warnke stand auf und reichte ihm die Hand.

„Was führt dich zu mir?" fragte er, in der Erwartung, der alte Lewerentz würde in irgendeiner Gemeindeangelegenheit eine Beschwerde vorbringen.

„Ich wollt' bloß mal sehen, wie's bei euch geht", sagte Lewerentz und nahm auf der Küchenbank Platz.

Etwas verwundert sah Warnke ihn an. „Wie's ebenso gehen kann", versetzte er achselzuckend. „Kein Vieh mehr im Stall, kein Korn auf dein Boden, kein Geld in der Tasche! Man weiß wirklich nicht mehr, wie man wirtschaften soll."

Lewerentz nickte. Frau Trude, die gerade eintrat, war nicht minder verwundert über diesen unerwarteten Besuch als ihr Mann.

„Ja", nahm Lewerentz den begonnenen Gesprächsstoff wieder auf, „man weiß nicht mehr, wie man wirtschaften und zurechtkommen soll, das merke ich auch. Man bekommt genug von der ganzen Wirtschaft. Es wird Zeit, dass man seinen Los jüngeren Kräften überlässt."

Warnke und Frau Trude sahen sich an. Blies der Wind aus der Ecke?

„Ja!" sagte Warnke nur, in Gedanken.

„Und da hab ich so an unsere Kinder gedacht!" fuhr Lewerentz fort. „Unser Klaus und eure Hedwig — die sollten ein Paar werden, meine ich."

Warnke hatte sich von seinem Platz erhoben. „Dein Antrag ehrt uns", erwiderte er, „sowohl uns Eltern wie unsere Tochter. Und es ist gewiss ein guter Vorschlag, den du machst, Nachbar Lewerentz, und ein sicherer Platz im Leben, den du unserer Hedwig bietest. Aber wie unsere Tochter darüber denkt, darüber müssen wir sie allerdings erst selber befragen."

„Wie sie darüber denkt ... darüber wollt ihr sie befragen?" wiederholte Lewerentz und verbarg kaum den in ihm aufsteigenden Unmut. „Es ist nach meiner Ansicht das einzig richtige und auch seit alters so der Brauch, dass die Eltern die Entscheidung darüber treffen, nicht ... die Tochter."

„Das ist allerdings seit alters her der Brauch", gab Warnke zu. „Aber ob es richtig ist, darüber kann man verschiedener Meinung sein. Ein bisschen hat doch der, der heiraten soll, auch in dieser Frage, die über sein ganzes Leben entscheidet, mitzusprechen. Ich wiederhole, dass deine Freiwerbung um die Hand unserer Tochter uns ehrt, und dass wir alle Vorbedingungen für eine glückliche Ehe der beiden für gegeben ansehen; aber wir bitten dich, gib uns drei Tage Bedenkzeit, ehe wir uns entscheiden."

Lewerentz machte ein finsteres und verdrießliches Gesicht. „Meinetwegen bedenkt es euch acht Tage!" versetzte er grob. „Nach einer besonders freudigen Aufnahme meines Antrags sieht das allerdings nicht aus. Es gibt Familien im Dorf, die die Tür weit aufmachen werden, wenn ich anklopfe. Aber ... ich hab's nun mal gesagt, also überlegt's euch drei Tage lang!" Damit ging er mit einem kurzen, ziemlich mürrischen Kopfnicken.

In Verwirrung und Erregung blieben die Warnkeschen Eheleute zurück. „Ja! Was nun?" sagte Warnke endlich. „Eine Ablehnung bedeutet eine Feindschaft mit Lewerentz, eine Annahme aber wahrscheinlich auch, da man mit diesen Leuten wie mit rohen Eiern umgehen muss."

Frau Trude schwieg eine Weile in Gedanken. „Eine Ablehnung, sagst du und nennst sie an erster Stelle, als wenn dir das das liebere wäre!" Entgegnete sie dann. „Eine Ablehnung würde Feindschaft bedeuten. Gewiss. Aber warum Ablehnung? Hedwig soll in den größten und schönsten Hof im Dorf heiraten! Das soll man nicht ohne weiteres von der Hand weisen. Wer weiß, ob man in diesen Zeiten nicht selbst zum Bettler wird und eine Versorgung für die Tochter sehr nötig brauchen kann."

„Gewiss, gewiss!" räumte Warnke ein. „Aber", eine tiefe Erregung schwang durch seine Stimme, „aber ich habe Bedenken gegen Klaus. Ich möchte einem Mann, der so unsinnig auf sein angekoppeltes Pferd losdrischt, mein Kind nicht anvertrauen."

Frau Trude nickte in schweren Zweifeln; sie erwiderte nichts.

„Hören wir, was Hedwig sagen wird!" fuhr Warnke fort. „Hedwig!" rief er zum Fenster hinaus. „Komm doch einmal herein!"

Gerade ging Hedwig, den Rock geschürzt, zwei halbvolle Eimer mit Milch am Traggestell, über den Hof und trat nun in die Küche.

„Das ist nun die ganze Milch von drei Kühen!" sagte sie. „Es wird wirklich alle Tage weniger."

„Leider!" versetzte Warnke. „Nächstens werden wir von den drei Kühen zwei schlachten müssen ... aus Futtermangel. Aber ich wollte dir etwas anderes sagen", fuhr er fort. „Weißt du, wer eben hier war? Lewerentz. Und weißt du, was er wollte? Den Freiwerber machen für seinen Klaus!" Warnke trat ans Fenster und sah auf den Hof hinaus, dass Hedwig nicht sehen sollte, wie es in seinen Zügen zuckte.

Hedwig war zusammengeschrocken; alle Farbe war aus ihrem Gesicht gewichen.

„Ich soll ... Klaus ... heiraten?" brachte sie langsam, atemlos vor Erregung, hervor. „Ist das euer Wille?"

„Unser Wille?" wiederholte Warnke. „Nein. Wir haben uns noch nicht entschlossen. Wir wollten erst dich hören."

„Dann muss ich sagen", rief Hedwig, „dass ich Klaus freiwillig niemals heiraten werde. Er war mir unangenehm, und ich hatte Angst vor ihm, immer, schon als Kind. Mit Jörg, ja, mit dem konnt' ich spielen, den hab ich früher gern gemocht, und den mag ich auch heute noch gern. Mit Klaus will ich nichts zu schaffen haben."

„Ja!" sagte Warnke. „Da ist dann weiter nichts zu reden. Zwingen wollen wir dich nicht."

Hedwig flog ihrem Vater an die Brust, beide Anne fest um seinen Hals schlingend.

„Nein! Zwingen können und wollen wir dich nicht!" stimmte Frau Trude ihrem Manne zu. „Aber ... wie bringen wir das Lewerentz bei?"

„Auch das wird sich finden!" erwiderte Warnke. „Lewerentz hat ja herausgemerkt, dass meine Antwort nur eine Vorbereitung auf eine Ablehnung war. Er wird in den drei Tagen wohl schon ein bisschen ruhiger werden."

Während er noch sprach, trabte ein schwedischer Kürassier auf den Hof, ein baumlanger Kerl auf einem mächtigen Rotschimmel. Er ritt, da er Warnkes in der Küche erblickt hatte, an das Küchenfenster heran und rief in gebrochenem Deutsch: „Leutnant Rasmussen?" Eine Handbewegung auf das Haus sollte die abgerissenen Worte erklären, ob hier der Leutnant im Quartier liege?

„Jawohl!" nickte Warnke, und der Kürassier stieg schwerfällig aus dem Sattel.

In kurzem verließ er das Haus wieder und ritt gemächlich davon. In den Zimmern des Leutnants und seiner Frau aber erhob sich ein lebhaftes Rennen. „Hedwig! Hedwig!" scholl die Stimme der Frau des Leutnants durch Wände und Türen. Hedwig warf schnell die grobe Schürze ab, die sie beim Melken getragen hatte, und eilte in das

Wohnzimmer. Gerade trat, gestiefelt und gespornt, der Leutnant heraus und verließ schnell den Warnkeschen Hof.
Warnke ging in den Stall hinüber, seinen Pferden das Abendfutter zu schütten. Kopfschüttelnd sah er in die Futterschwinge; es war beinah nur noch Häcksel darin. Nächstens würde er die Haferkörner einzeln hineinzählen müssen.
Da schlüpfte Hinrich in den Stall, die Tür hinter sich zuziehend. Auch er hatte sich entschließen müssen, seinen gemächlichen Gang in eiligen Trab zu verwandeln.
„Meister", sagte er, „der Ordonnanzreiter hat den Abmarschbefehl gebracht. Morgen früh geht's los. Abmarsch acht Uhr. Der Leutnant geht eben, die Parole auszugeben."
Warnke atmete auf. „Endlich!" sagte er. „Endlich geht auch diese Prüfung zu Ende!"
„Für Euch, Meister", fuhr Hinrich fort und sah Warnke traurig an, „kommt das dicke Ende noch nach: Eure Hedwig geht mit."
„Meine Hedwig ... geht ... mit?" fragte Warnke, die Worte stockten ihm auf der Zunge.
„Freiwillig natürlich nicht", versetzte Hinrich. „Aber unfreiwillig. Die Gnädige hat eben zum Leutnant gesagt, dass sie Hedwig unter allen Umständen mitnehmen will. Und er hat natürlich nichts dagegen."

„Meine Tochter soll mit dem Tross ziehen?" rief Warnke, den ruhigen Mann packte die Verzweiflung. „Mit diesen Soldatenweibern? Soll stehlen lernen und drangsalieren und schikanieren und soll verwildern, wie die da alle verwildert sind? Nein! Nein! Nein!"

„Ja, so will's unsere Gnädige!" erwiderte Hinrich. „Aber das braucht ja nicht zu geschehen. Ihr habt ja Pferd und Wagen, und ... Zeit habt Ihr auch. Morgen früh um acht ist erst Abmarsch."

„Ich danke dir, Junge!" sagte Warnke und streichelte Hinrich die Wange. „Du bist ein guter Junge! Gott lohn dir's!"

Dem armen Hinrich rannen plötzlich die Tränen aus den Augen; er drückte die sanft streichelnde Hand und rannte aus dem Stall, ohne sich umzusehen.

„Armer Junge!" murmelte Warnke. „Elternlos, heimatlos! Dich hat wohl noch niemand gestreichelt, wenigstens so lange du denken kannst."

Warnke schüttete noch einmal Futter, dann eilte er in das Haus hinüber. Er traf Frau Trude und Hedwig in der Küche. Hedwig plättete für die Leutnantsfrau.

„Hat dir die Gnädige schon etwas gesagt, Hedwig?" fragte Warnke, er stieß die Worte hastig hervor.

„Nein!" versetzte Hedwig, erstaunt aufsehend. „Was soll sie mir gesagt haben?"

„Dass du bei der Gnädigen bleiben und mit ihr ziehen sollst!" raunte Warnke, sich umsehend, ob auch kein Lauscher zugegen sei. „Hinrich hat mir das eben verraten. Der Leutnant und die Gnädige haben das unter sich besprochen."

„Allmächtiger!" stieß Frau Trude hervor und sank auf einen Stuhl; aus Hedwigs Wangen wich alles Blut. „Vater", stieß sie hervor, zitternd vor Erregung und Angst, „das kann ich nicht, und das tue ich nicht, und wenn ich stehenden Fußes davonlaufen soll!"

„Nein! Das sollst du auch nicht!" versetzte Warnke leise, mit knirschenden Zähnen. „Dafür lass mich sorgen! Also lass dir nichts anmerken der Gnädigen gegenüber. Wenn sie zu Bett sind, dann machst du dich reisefertig. Mutter hat dir inzwischen dein Zeug zusammengepackt. Ich fahre nachher den Korbwagen hinaus und erwarte dich hinter der Kirche. Ich bringe dich zu meiner Schwester nach Berlin."

„Ja", sagte Frau Trude, „das ist die beste Lösung. Und wir schlagen zwei Fliegen mit einer Klappe. Auch der Antrag von Lewerentz wird dann hinausgeschoben. Gebe Gott, dass alles gelingt!"

„Hedwig!" scholl aus dem Wohnzimmer die Stimme der Gnädigen, laut und aufgeregt.

„Jawohl!" rief hastig Hedwig und eilte, dem Ruf zu folgen.

„Wie bringt man nur die Pferde vom Hofe, ohne dass es jemand merkt?" fragte Warnke. „Daran kann die ganze Sache scheitern."

Hinrich schob sich durch die Küchentür. „Meister", sagte er, „ich will Euch keinen Rat geben, denn schiefgehen kann alles; aber ein bisschen gewitzt ist unsereiner ja doch!" Er lächelte verschmitzt. „Ich an Eurer Stelle würde gleich jetzt, wo alles mit sich beschäftigt ist, mit dem Fuhrwerk irgendwo aufs Feld fahren und dort warten. Wenn Ihr nachts die Pferde aus dem Stall holt, so fällt das auf und ist verdächtig."

Das leuchtete ein. Warnke nickte. Sofort ging er in den Stall und spannte ein; ohne dass jemand besonders darauf achtete, fuhr er im Schritt vom Hof.

Draußen an der einsamen Feldrüster auf dem Weg nach Dechtow wollte er warten; so hatte er mit Hedwig verabredet.

Er musste lange Geduld haben. Immer noch war in den Häusern Licht und ein Rennen und Laufen; zum letzten Male durchstöberten die Landsknechte Häuser und Höfe, um mitzunehmen, was des Mitnehmens noch wert wäre.

Warnke ging bei seinen Pferden auf und nieder. Es schlug die achte Stunde vom Turm, es schlug die neunte Stunde. Warnke wurde unruhig. Auf den Höfen wurde es allmählich stiller. Nach und nach erloschen die schwachen Lichter des Kienspans oder der schwelenden Talgkerze in den Häusern. War etwas dazwischengekommen, was Hedwigs Flucht verhinderte? Würde sie morgen mitgeschleppt werden, um vielleicht nie wiederzukommen? Grauenvoll sind solche Stunden des Wartens und der inneren Angst.

Es schlug zehn Uhr vom Kirchturm. Warnke glaubte, es nicht mehr aushalten zu können. Er zählte die Schritte, die er hin und her ging. ... Da ... endlich ... tauchten drei Gestalten in der Dunkelheit auf, Warnke spähte scharf aus. ... Ja! Gott sei Lob und Dank! Es waren seine Frau, Hedwig und Hinrich. Dieser trug das Bündel Hedwigs.

„Ich dachte schon, sie hätten euch geschnappt!" sagte Warnke; ein Seufzer der Erleichterung hob seine Brust.

„Mir haben bis jetzt gepackt und verladen", erwiderte Frau Trude.

„Ich musste mit angreifen; sonst wäre ich gekommen und hätte dir Bescheid gesagt."

„Bleibe nicht auf dem Hof, Mutter, wenn sie morgen abziehen!" mahnte Warnke. „Irgendetwas werden sie anstellen, wenn sie merken, dass Hedwig ihnen ausgerückt ist."

„Ich kann doch den Hof nicht allein lassen!" widersprach Frau Trude. „Du musst dich mit den Kindern in Sicherheit bringen!" rief Warnke heftig. „Versprich mir in die Hand, dass du morgen in aller Frühe mit den Kindern vom Hof gehst!"

Frau Trude versprach es; noch eine Umarmung, ein Kuss; Warnke und Hedwig bestiegen ihr Fuhrwerk, die Pferde zogen an, und bald verhallten ihre Aufschläge auf dem weichen Boden.

Punkt acht Uhr am andern Morgen hielt die Schwadron Kürassiere auf ihrem Appellplatz; einige Minuten später rückte sie ab, ebenso die beiden Fähnlein Musketiere. Hell schmetterten die Trompeten der Reiter, dumpf rollten die Trommeln der Spielleute bei dem Fußvolk, und hell gellten ihre Pfeifen.

Hinter der Marschkolonne aber fuhr der ungeheure Tross, die Wagen bis zum Brechen beladen; das halbe Dorf hatte die Soldateska ausgeräumt.

In ihrem Wagen saß die Frau des Leutnants ... in schlechtester Laune. Dass Hedwig auf und davon gegangen war, hatte sie maßlos geärgert. Aber wartet nur, ihr dickköpfigen Bauern! Wer zuletzt lacht, lacht am besten!

Hinter der Kutsche der Gnädigen ritt Hinrich auf einem der großen Brabanter seines Leutnants; an der Hand führte er Jörgs Peter. Er wandte sich im Sattel, nach Warnkes Hof zurückblickend. Aus dem Rohrdach des Wohnhauses stieg ein leichter Rauch, der sich im frischen Wehen des Morgenwindes in eine dicke, quirlende Rauchwolke verwandelte, durch die die hellen Flammen lohten. Rasmussen hatte das Haus von einigen seiner Leute anstecken lassen. Zum Glück war Frau Trude mit den Kindern entwichen; sie war zu Verwandten gegangen. ... Hinrich versank in Gedanken. Nein! Er blieb nicht bei den Schweden. Bei nächster Gelegenheit wollte er durchbrennen ... zu den Brandenburgern!

8. Kapitel
Ein unerwartetes Wiedersehen

Ein warmer Junitag lachte über Berlin. Die Türme der alten Kirchen St. Nikolai, St. Marien und St. Petri, die mit grünem Edelrost bedeckte Haube des Grünen Hutes, des Turmes der alten Kurfürstenburg an der Spree, zeichneten sich in scharfen Nissen in den tiefblauen Himmel, und das Gewirr der schmalen Straßen und Gassen der Stadt leuchtete freundlich in den Strahlen der Frühlingssonne.

Von dem großen sandigen Exerzierplatz vor dem Georgentor ritt eine Abteilung Derfflinger-Dragoner der Stadt zu, an ihrer Spitze der Wachtmeister Freese, in ihren Reihen als rechter Flügelmann ... Jörg. Er sah vorzüglich aus in dem dunklen Büffelkoller und dem breitkrempigen Hut, den Pallasch an der Seite und den Karabiner über der Schulter; in die Zügel schäumend, schritt sein Brauner, der Coriolan, dahin. In der Freude seines Herzens, dass sein bester Reiter aus der Bauernwehr den Weg zu ihnen gefunden, hatte Wachtmeister Freese eines der flottesten Pferde der Schwadron Jörg gegeben. Dieser war so stolz auf den schnittigen Ostpreußen und hatte ihn so ins Herz geschlossen wie früher seinen Peter. Er war nun schon einige Wochen kurbrandenburgischer Dragoner; das Ziel seiner glühenden Wünsche war erreicht. Und doch ... er war noch nicht ganz zufrieden! Er sehnte sich fort vom Exerzierplatz, ins Feld! Die schwedische Armee zog mit ihrem räuberischen Tross immer noch durch die märkischen Lande, alles verwüstend, und sie, die Landesverteidiger, standen immer noch hier in Standort und übten Reiten und Fußexerzieren, Schießen und Felddienst. Wenn die Feinde wenigstens noch Berlin angegriffen hätten, dass man ihnen hätte Dunst geben können! Aber sie standen jetzt an der Havellinie von Havelberg bis Brandenburg und dachten nicht daran, sich mit den Brandenburgern zu messen.

Die Abteilung hatte das spitzbogige Tor durchritten und bog rechts in die längs der Festungsmauer führende Straße ab, in der unweit die Dragonerställe lagen. Nur die Pferde waren kaserniert, die Mannschaften lagen in Bürgerquartieren. (Erst Friedrich der Große baute Kasernen im heutigen Sinne)

Ein ländlicher Korbwagen kam ihnen entgegen, zwei kräftige Pferde davor; ganz der Schlag der Pferde vom Hof des Onkels, dachte Jörg. Auf dem Wagen saßen ein älterer Mann und ein junges Mädchen. Jörg richtete sich im Sattel auf: Himmel! Das waren ja ... der Oheim und Hedwig I Am liebsten wäre er aus dem Glied geritten, sie zu begrüßen, aber das verbot die militärische Ordnung.

Auch Wachtmeister Freese hatte Warnke erkannt. Er wandte sich im Sattel und winkte Jörg heran. „Na, dann erkundige dich mal erst, wo die herkommen!" sagte er lächelnd.

Das ließ Jörg sich nicht zweimal sagen. Er wandte seinen Coriolan, der zwar einen Augenblick bockte, aber dann doch in einigen Galoppsprüngen das Fuhrwerk erreicht hatte. Schnell war das Woher und Wohin ergründet. Und Jörg sprengte eilig seiner Abteilung nach.

Mit solcher Ungeduld hatte Jörg sein Pferd noch nie versorgt wie heute. Er musste Hedwig sprechen, sofort sprechen, er musste mit ihr zusammen sein! Es war für heute nachmittag nur Stall... und Arbeitsdienst angesetzt. Da er ein ordentlicher Kerl war, der seine Sachen, Schleifzeug nennen das die Soldaten, immer in Ordnung hatte, beurlaubte ihn Wachtmeister Freese nach dem Stalldienst. Glückselig eilte Jörg, den grauen Dragonerhut schräg und unternehmend auf dem Kopf, die Hand am Wehrgehäng, durch die Straßen. Sein Herz schlug vor Ungeduld. Endlos kam ihn der kurze Weg vor.

Der Schwager Warnkes, Brückner, der Hedwig aufnehmen sollte, war städtischer Mühlenmeister und wohnte auf dem Mühlendamm. Dies war ein langer Brückengang über die Spree; kleine Holzhäuser mit Läden fassten ihn ein. In ihrer Mitte lagen die städtischen

Mühlen, deren mächtige Räder den ruhig heranziehenden Fluss in brausende Stromschnellen verwandelten.
Es war ein gemütliches Wohnzimmer mit Ausblick auf die Spree, in dem Hedwig jetzt Jörg gegenübersaß.
„Du hast auch nicht erwartet, mich hier wiederzusehen", sagte Hedwig lächelnd, „nicht?"
„Allerdings nicht", gab Jörg zur Antwort. „Ich war förmlich erschrocken, als ihr mit eurem Fuhrwerk da so plötzlich auftauchtet. Aber es war ein freudiger Schreck."
Hedwig lächelte. „Du wirst neugierig sein", erwiderte sie, „zu hören, warum wir hier sind; denn nur zum Vergnügen oder um Verwandte zu besuchen, reist niemand in solchen Kriegszeiten. Unsere Reise war mehr eine Flucht. Ich musste fort. Die Gnädige hatte die Absicht, mich als ihre Kammerzofe auf Nimmerwiedersehen mitzunehmen. Glücklicherweise steckte uns Hinrich das noch am Abend vorher, so dass wir Zeit hatten, alles vorzubereiten und einen Vorsprung zu gewinnen. Wir müssen dem wackeren Hinrich wirklich dankbar sein!" schloss sie.
Warnke trat ein und begrüßte Jörg herzlich. „Nun wollen wir uns aber ein bisschen die Stadt ansehen", schlug er vor. „Hedwig ist noch nie in Berlin gewesen, und ich komme auch nur alle Jubeljahre einmal her."
Die drei machten sich auf den Weg. Es fand gerade der große Frühjahrsmarkt statt, und der weite Schlossplatz

sowie der Lustgarten waren mit einer Zeltstadt bedeckt. Von weit und breit kamen die Händler, die Waren und Erzeugnisse ihrer Heimat hier auszulegen. Verkaufsstände aller Arten wechselten mit Schaubuden; Menagerien, Kunstreiter, Puppenspieler ... alle bemühten sich, Zuschauer anzulocken. Es gab vielerlei zu sehen, so dass die Stunden wie im Flug vergingen.

Die Sonne sank im Westen, als eine Bewegung in der Menge entstand; alles drängle zum Schloss hin; von der Schlossfreiheit rollte eine hochrädrige Galakutsche heran; vorauf trabte ein Vorreiter, zwei Diener standen auf dem Trittbrett; einige Herren zu Pferd in seidenen Wämsern, wallende Straußenfedern auf den Hüten, bildeten den Schluss.

In dem Wagen saßen zwei Damen. „Die Frau Kurfürstin!" raunte Jörg Hedwig zu. Mit dem Fuß aufstampfend, lüftete er den Hut, diesen mit ausgestrecktem Arm von sich haltend, wie er als Soldat zu grüßen hatte. Die Bürger zogen die Kappen. In raschem Trab der feurigen Pferde rollte der Wagen auf das Schloss zu und fuhr in das vor ihm sich weit öffnende Tor.

Hedwig war entzückt und begeistert von allem, was sie gesehen hatte. Doch es war Zeit, sich zu trennen; ihre freundlichen Gastgeber warteten sicher schon mit dem Abendessen.

Da, der weite Platz begann eben, sich von den Menschen zu leeren, kam auf einem müden und abgejagten Pferd ein Reiter in bestaubtem und abgewettertem Zeug herangetrabt, die große Kuriertasche auf dem Rücken. Er ritt auf das Schloss zu, und wieder öffnete sich das schmiedeeiserne Tor, ihn einzulassen.
„Was ist das für ein Mann?" fragte Hedwig.
„Das ist ein Kurier", erklärte Jörg, „ein Depeschenreiter. Vielleicht kommt er aus dem Hauptquartier."
„Möge er die Depesche in seiner Tasche haben, dass unser Herr Kurfürst kommt!" sagte Warnke. Damit war man wieder drin in der Kriegsnot dieser Zeit, die man eben auf ein paar Stunden vergessen hatte.
„Wer weiß es!" entgegnete Jörg. „Wie gefällt dir Berlin, Hedwig?"
„Herrlich!" sagte Hedwig lächelnd. Damit trennte man sich mit der Verabredung, sich morgen, wenn Jörg es irgend möglich machen könnte, wieder zusammenzufinden. ...
Der Dienst am andern Tag verlief in gewohnter Weise. Es war bei der Mittagsfütterung, als Wachtmeister Freese eilig in den Stall kam und mit schallender Stimme, das Stampfen und behagliche Schnauben der Pferde, das Lachen und Erzählen der Mannschaften übertönend, schrie: „Sofort antreten zum Befehlsempfang! Regimentsappell!"

Alles stürmte in die Sattelkammern, in denen auch die Waffen und Ausrüstungsgegenstände verwahrt wurden, und bald standen die Ersatz- und die Ausbildungskompanie in lang ausgerichteter Front auf dem Exerzierplatz. Oberstleutnant Henning erschien und trat vor die Front.

„Es ist soeben vom Herrn Statthalter der Befehl gekommen", verkündete er mit weithin schallender Stimme, „dass die Truppen des Standorts Berlin bis auf das Wachtregiment in Marsch gesetzt werden, um zur Armee des Herrn Kurfürsten zu stoßen." Oberstleutnant Henning machte eine kleine Pause; er freute sich der aufblitzenden Augen, die ihm aus allen Gesichtern entgegenleuchteten. Dann fuhr er fort: „Beide Kompanien stehen morgen früh sieben Uhr feldmarschmäßig hier auf dem Platz."

Erregt, wie ein schwärmendes Bienenvolk, lief nachher alles auseinander. Jörg schlug das Herz hoch in der Brust. Es ging jetzt hinaus ins Feld! Die hohe Zeit seines Lebens begann.

Nur eines trübte seine hohe Stimmung: der Abschied von Hedwig und dem Oheim. Er musste zu ihnen, ihnen ein letztes Wort sagen! Aber ... eiserner Dienst hielt ihn fest. Appell folgte auf Appell. Die Pferde wurden vom Rossarzt auf das eingehendste gemustert; die Karabiner vom Büchsenmacher nachgesehen; Sättel und Zaumzeuge vom Sattler. Jetzt sah man erst, was ein Soldat im Feld alles braucht. Stunde um Stunde stand man auf dem Platz. Es nahm kein Ende mit dem Mustern. Endlich um sieben Uhr war alles beendet; es gab bis zum Zapfenstreich Stadturlaub. Zwei Stunden Zeit! Jörg machte sich schnell fertig und eilte zu den Verwandten Warnkes.

Hedwig hatte ihn mit Sehnsucht erwartet. „Ich freue mich, dass du doch noch gekommen bist!" sagte sie. „Ist es wirklich wahr, was hier allgemein gesprochen wird, dass alles, was noch an Truppen hier ist, ausrücken soll, und dass der Herr Kurfürst auf dem Marsch hierher schon diesseits der Elbe ist, wie Vater es gestern gewünscht hatte?"

„Das letztere weiß ich nicht", erwiderte Jörg. „Uns ist nur gesagt worden, dass wir zum Heer des Herrn Kurfürsten stoßen sollen. Wir rücken morgen mit dem Frühesten aus. Ich bin gekommen, Abschied von dir und dem Vater zu nehmen."

„Mir tut das Herz weh!" sagte Hedwig leise. „Ach, Jörg, wärest du doch nicht Soldat geworden! Das ist ja so furchtbar, wenn ich dich im Krieg weiß. ... Und ich ... ich werde mich hier noch einsamer und verlassener fühlen in dieser großen fremden Stadt."

„Einsam und verlassen?" fragte Jörg. „Du bist doch mit dem Vater hier?"

„Vater ist heute früh abgefahren."

„Abgefahren?" fragte Jörg. „Ohne dich?"

„Ja, ohne mich!" wiederholte Hedwig. „Ich soll einige Zeit hierbleiben", setzte sie hinzu.

„Warum das denn?" fragte Jörg wieder. „Eure Einquartierung muss doch längst abgerückt sein?"

Hedwig. „Und ich nehme Klaus nie!" Sie sprach die letzten Worte mit einer Überzeugung, dass Jörg aufatmete. Er fasste ihre beiden Hände.

Mit einem Mal überkam ihn eine innere Bewegung, deren er nicht Herr werden konnte.

„Hedwig", sagte er leise mit bebender Stimme, „wenn ich ein Bauernsohn wäre wie Klaus Lewerentz" ... er ballte unwillkürlich die Faust bei Nennung dieses Namens ..., „ich würde vor deinen Vater treten und ihn um deine Hand bitten. Als ein junger Soldat und Rekrut kann ich das nicht. Ich muss mich erst durchkämpfen. Aber eins kann ich: dich bitten, denk an mich!" Hastig riss er sich los und eilte aus dem Zimmer und die enge Treppe hinab.

Hedwig blieb zurück, in Tränen und in heftigster Erregung. Und doch ging ein Lächeln über ihre Züge: „Ja, Jörg! Ich werde an dich denken!" sprach sie leise vor sich hin. ...

Am andern Morgen Punkt sieben Uhr schmetterten die Trompeten, und die beiden Schwadronen Derfflinger-Dragoner rückten von ihren, Reitplatz vor den Ställen ab.

Durch die Münz- und Georgenstraße nahmen sie ihren Weg zur Langen Brücke. Es war ein herrlicher Tag; blau lachte der Himmel, und blau spiegelte ihn der Fluss zurück.

Auf dem Schlossplatz stand ein Haufen Menschen, grüßend und winkend; die Soldaten dankten lustig. Und da stand Hedwig! Ihr Tuch wehte in dem frischen Winde. Ihr Blick traf sich mit dem Jörgs.

Noch ein Gruß ... Jörg wandte sich im Sattel ... und ... vorüber! Über die Schlossfreiheit ging der Marsch, über die Jungfernbrücke und zum Leipziger Tor hinaus, das sich Ecke Kur... und Alte Leipziger Straße erhob.

„Trab!" bliesen die Trompeter, schnell waren das alte Spittelkirchlein vor dem Tor und die Stadt den Blicken der Reiter entschwunden. Vor ihnen aber und vor Jörg lag lockend die Ferne, lag ein ungeheures Erleben.

9. Kapitel
Eine geheimnisvolle Fahrt

Auch über Linum lachte ein herrlicher Morgen. Alles sprießte in Flur und Feld, im Obst... und Gemüsegarten, dass einem das Herz im Leib lachen konnte. Sogar in Warnkes Garten fing der von, Brand des Laufes und der großen Scheune halb verkohlte Holunderstrauch an, neu zu treiben.

Die Familie Lewerentz saß bei der Morgensuppe; oben am Tisch Lewerentz selbst, neben ihm Klaus, der noch immer bleich und elend aussah; aus der andern Seite die Mutter, dann die Mädel; die älteren, wie sie eben vom Melken gekommen waren, die jüngeren schon zur Schule zurecht gemacht, mit aufgebundenen Zöpfen und sauberen Schürzen. Von draußen klang das fröhliche Lärmen der Sperlinge herein.

„Hör einer die Biester!" sagte Lewerentz unwirsch, der jede Gelegenheit, sich zu ärgern, benutzte. „Jetzt sitzen sie wieder in den Schoten. Fressen einem das ganze Zeug, das man mühsam gesät hat, vor der Nase weg."

„Dafür nehmen sie auch manche Raupe und sonstiges Ungeziefer!" wagte Frau Lewerentz einzuwenden.

„Dazu hat sie der Herr erschaffen", fuhr sie Lewerentz grob an. „Nimm nachher die Klapper, Klaus, und jage sie auf."

„Wie oft soll ich sie denn da aufjagen?" fragte Klaus mürrisch.
„So oft, wie sie sich hineinsetzen!" fertigte ihn Lewerentz ab. „Du hast damit für heut deine Beschäftigung. Ein bisschen leichte Arbeit musst du schon immer anfangen zu verrichten. Meister Zicklein sagt das auch."
Gegen diesen Machtspruch war nicht aufzukommen. Klaus nickte und schwieg.
„Bin neugierig", fuhr Lewerentz fort, und ein schadenfrohes Lächeln spielte um seine Lippen, „was Warnke für ein Gesicht machen wird, wenn er zurückkommt und seinen Hof nicht mehr findet."
„Ebenso ein Gesicht, wie du es machen würdest, wenn es dir geschehen wäre!" erwiderte Frau Lewerentz.
„Na ja!" wehrte Lewerentz ungeduldig ab. „Ganz leicht ist's nicht. Uns geht die Sache übrigens auch etwas näher an wegen der Hedwig. Mir ist beinah leid, dass ich den Freiwerber gemacht habe."
„Warum denn?" fragte Frau Lewerentz.
„Weil der Warnke ein armes Luder geworden ist", versetzte Lewerentz, „und sein Geld hin ist. Für eine Schwiegertochter, die bloß mit ihrem Bündel angezogen kommt, würde ich mich bedanken."
„Ganz so schlimm wird es ja nicht werden!" versetzte seine Frau. „Wie denkst du denn darüber, Klaus?"

„Lasst mich in Frieden!" murrte dieser. „Ich habe heute wieder Kopf-schmerzen. Ich mag nicht denken."

„Na, an die Arbeit!" sagte Lewerentz. Alle standen auf, und jeder ging an seine Verrichtung.

Am Abend desselben Tages fuhr Warnke auf seinen zerstörten Hof. Das Wohnhaus starrte mit ausgebrannten Dachsparren gen Himmel, die große Scheune war bis auf den Grund niedergebrannt.

Aus der halbverkohlten Haustür trat Frau Trude ihm entgegen. Weinend sank sie an seine Brust.

„Ja, liebe Trude", sagte Warnke, sie fest umschlingend, „jetzt heißt es von vorn anfangen. Jedenfalls danke ich Gott, dass ich euch alle, dich, Hedwig, die Kinder, gerettet sehe. Mag der Hof drüber in Schutt gegangen sein. Wir sind ja nur unstete Wanderer auf dieser Erde."

In Lewerentz' Haus hatte man die Heimkehr Warnkes beobachtet.

„Also", sagte Lewerentz, „ich habe mir Warnkes Verhältnisse noch einmal überdacht. Sein bares Geld nahm die Einquartierung, sein Hof liegt in Asche. Das wird nichts mit Hedwig. Wir müssen uns nach einer andern Schwiegertochter umsehen."

Mit finsterem Gesicht saß Klaus. „Seht Ihr Euch um, Herr Vater", versetzte er. „Ich nicht. Ich will das Mädel, die Hedwig, heiraten und keine andere."

Mit einem unverhohlenen Erstaunen ... der Bissen blieb ihm fast im Mund stecken ... sah Lewerentz seinen Jungen an. Er war über diesen Widerspruch derart verblüfft, dass er zunächst keine Worte fand. „Du willst ... Hedwig ... heiraten ... und keine andere?" brachte er endlich, sich mühsam sammelnd, hervor. „Du willst ein Mädel heiraten, das wie eine Dienstmagd mit einem Bündel unter dem Arm angezogen kommt?" fuhr er fort, sich in Wut redend. „Ich soll ihr die Ausstattung kaufen? Ich sage dir, solch eine kommt mir nicht ins Haus!"
„Das wollen wir mal sehen!" antwortete Klaus wütend und biss die Zähne aufeinander.
Frau Lewerentz erschrak. Sie sagte, so ruhig sie konnte: „Warnke ist nicht so dumm, er wird noch etwas Geld irgendwo vergraben haben, und in irgendeinem Versteck werden Wäsche und allerlei Aussteuer liegen. Beruhige dich, Vater! Und wer weiß, ob Hedwig dich will, Klaus! Sie hat ja freie Wahl. Ihr hört wieder einmal das Gras wachsen; aber ob es Heu gibt, das wisst ihr nicht."
Lewerentz brummte etwas vor sich hin, und Klaus machte ein Gesicht, aus dem man deutlich las: Ihn nicht wollen? Den größten Besitzerssohn im Dorf? ... Frau Lewerentz lächelte zufrieden. Wenigstens für heut war der Krach vermieden.
Warnke ging in den nächsten Tagen eifrig an die Arbeit; die Frühjahrsbestellung hatte der alte Zache beendet;

es war draußen zur Zeit nicht viel zu besorgen; so widmete sich Warnke dem Aufbau seines Hauses. Den ganzen Tag karrte er mit dem alten Tagelöhner den Schutt aus dem Haus; Frau Trude war sofort mit Besen und Scheuerlappen hinterher, auch die Kinder mussten zufassen. So gewann alles bald wieder ein anderes Gesicht. Oft stand Klaus am Zaun und sah den Aufräumungsarbeiten zu. Er hatte sich seinem Vater gegenüber für Hedwig erklärt: er gönnte sie keinem anderen! Jörg vor allen anderen gönnte er sie nicht. Jörg, der während ihrer militärischen Ausbildung alles besser gemacht und verstanden hatte als er; dem es leicht geworden war, wo es ihm schwer fiel; der spielend erreichte, was ihm überhaupt unerreichbar war. Dem wollte er einen Stich versehen!

Es versprach ein fruchtbares Jahr zu werden; das junge Korn auf den Feldern hatte bereits Ähren angesetzt, und die unendlichen Wiesenflächen des Luches leuchteten in einem tiefen satten Grün, aus dem sich die Wasserläufe und Gräben wie helle Silberstreifen hoben. Das Wetter war schön und warm; in den nächsten Tagen sollte der Schnitt beginnen.

Eines Tages, um die Mittagszeit, ritt wieder der kurfürstliche Landreiter durch das Hoftor des Schulzenhofes. Warnke, der eben Pferden und Vieh das

Mittagsfutter geschüttet, trat aus der Stalltür. „Was gibt's, Herr Wachtmeister?" fragte er.

„Eine Verordnung des Herrn Landrats", erwiderte der Landreiter und zog ein Schreiben mit dem Amtssiegel aus der Satteltasche und las vor: „Alle Heu- und Fährkähne, die zur Beförderung von zehn oder mehr Menschen geeignet sind, sollen möglichst ungesehen, also nachts, an die Havel gebracht und dort zur Verfügung des kurfürstlichen Strommeisters gehalten werden. ... Landkähne kommen nicht in Betracht, lässt der Herr Landrat noch ausdrücklich bestellen."

„Die Heukähne?" rief Warnke. „In den nächsten Tagen soll das Mähen beginnen! Was sollen wir ohne Heukähne machen? Wie sollen wir zum Mähen auf unsere Wiesen kommen? Überall ist ja irgendein Wasserlauf dazwischen. Wie sollen wir ohne Heukähne das Heu aus den Luchwiesen auf das trockene Land kriegen? Ist es denn unbedingt nötig, gerade jetzt uns die Kähne zu nehmen?"

„Da es verfügt ist, wird es ja wohl nötig sein!" erwiderte der Landreiter. „Kümmert Euch nicht um Verwaltungsangelegenheiten, Bauer! Das versteht Ihr doch nicht. Das ist unsere Sache." Stolz ritt er vom Hof. Warnke machte sich auf den Weg, die Anordnung seiner Bauernschaft bekanntzumachen.

„Die Heukähne will man uns wegnehmen?" schrie Lewerentz in heller Wut, als er gehört hatte, um was es sich handle. „Und gerade jetzt, wo in ein paar Tagen die Heuernte beginnt? Wir müssen ja das schöne Flitter, das dies Jahr gewachsen ist, einfach verkommen lassen! Und wozu soll denn das sein? Will der Herr Strommeister eine Parade abhalten? Soll er sich Soldaten kommen lassen. Unsere Kähne sind zu etwas anderem da."

So und ähnlich klang es Warnke überall entgegen; aber es half alles nichts. Am nächsten Abend mit Sonnenuntergang sollten die Kähne an Warnkes Wiese, auf der Jörg sich damals vor seiner Flucht verborgen hatte, bereitliegen. Jeder Hofbesitzer hatte für seine Kähne einen Fährmann zu stellen.

Als Warnke von seinem Rundgang, ziemlich verärgert und verstimmt, nach Haus kam, holperte eben der Fehrbelliner Botenkarren, der regelmäßig alle acht Tage nach Berlin fuhr, die Dorfstrasse entlang und hielt vor seinem Hof. Unter dem Plandach hervor schlüpfte Hedwig und sprang leichtfüßig herab.

„Hedwig! Du?" rief Warnke.

„Ja, Herr Vater!" lachte Hedwig, und die Wiedersehensfreude leuchtete ihr aus den Augen. „Ich hatte ja solche Sehnsucht, ich hab's nicht mehr ausgehalten in der großen Stadt. Vollends, seit Jörg fort ist, kam ich mir ganz verlassen vor."

„Wo ist denn Jörg?" unterbrach Warnke.

„Nun, die Dragoner sind doch abgerückt, um zur Armee des Herrn Kurfürsten zu stoßen", berichtete Hedwig. „Und da ich hörte, dass unsere Gegend frei von feindlichen Truppen ist, habe ich mich aufgemacht. Ihr seid mir doch nicht böse darum, Herr Vater?"
„Nein! Ich freue mich!" sagte Warnke. „Hast uns schon gefehlt."
Im Torweg des Lewerentzschen Hofes stand Klaus und beobachtete den Auftritt. Jetzt hieß es, sein Eisen schmieden!
Am andern Abend nach Sonnenuntergang lagen die gesamten Heukähne der Gemeinde, eine stattliche Anzahl, vor Warnkes Wiesen auf dem Rhin. Ein Fährmann hatte immer drei bis vier leere Kähne im Schlepp. Warnke war selbst zur Stelle. Er bestieg seinen größten Heukahn, und die lange Linie der flachbordigen Fahrzeuge setzte sich auf dem stillen Wasser in Fahrt. Die Sonne war in einem leichten Schleier von Abenddunst zur Küste gegangen, und der Mond stieg in voller Scheibe, vorläufig noch grau und lichtlos, an dem sich allmählich verdunkelnden Himmel auf. Gelegentlich klang das Schnattern der sich in den hohen Schilfwäldern einnistenden Wildenten herüber oder der heulende Schrei eines Uhus, der gespenstisch mit lautlosem Flügelschlag aus der Krone einer alten Eiche abstrich und wie ein dunkler Schatten über die Wiesen flog. Sonst

plätscherte nur das Wasser gegen die flachen Bordwände der gleichmäßig mit den langen Stoßstangen vorgetriebenen Kähne.

Stumm ruderten die Fährmänner; keiner kannte den Zweck der geheimnisvollen Fahrt.

10. Kapitel
Der Handstreich auf Rathenow

In der Stadt Rathenow war der Teufel los. Die schwedische Heeresabteilung, die die Rathenower Havelbrücken sichern sollte, war soeben eingetroffen. Der gesamte Rat hatte am Stadttor den Kommandeur, den Obristen Wangelin, empfangen und ihm die Schlüssel der Stadt überreicht. Alle Straßen waren gedrängt voll mit marschierenden Truppen, mit den Wagenkolonnen des ungeheuren Trosses.

Mitten auf dem Markt, in die Wagenburg des Kürassierregiments Stalhanske eingekeilt, hielt auch die vierspännige Karosse der Gnädigen; hinter ihr mit den Landpferden Hinrich. Er saß nachlässig im Sattel, das eine Bein leicht über den Sattelknopf geschlagen, und unterhielt sich damit, auf seiner Flöte eine neue Melodie einzuüben.

„Himmel! Hör auf mit deinem Gedudel!" Die Gnädige lehnte sich aus dem Wagenschlag, so hastig, dass sie sich fast den großen, mit wallenden Federn geschmückten Hut vom Kopf gestoßen hätte. „Siehe lieber zu, dass du mich aus dem schrecklichen Gewühl herausbringst."

„Jawohl, gnädige Frau!" erwiderte Hinrich gleichmütig. „Johann", schrie er den rotnasigen Kutscher an, „fahr aus dem Gedränge heraus! Die gnädige Frau will frische Luft haben."

Der Kutscher drehte sich gelassen auf dem Bock um und tippte nur leicht an seine Stirn.

„Es geht nicht rückwärts und nicht vorwärts!" lachte Hinrich. „Es tut mir leid!"

„Lass nur den Leutnant kommen, du Bengel!" rief die Frau wütend. „Dann sollst du mal sehen, wie das geht!"

Gerade in diesem Augenblick erschien der Leutnant auf einem seiner großen Brabanter vor der Wagenburg. „He, Mieze!" schrie er herüber. „Ich habe ein feines Quartier geschnappt! Der Ratsherr Lesse hat uns eingeladen!"

„Das ist ja reizend!" lachte die Gnädige. „Befreie mich nur hier aus dem Haufen Fuhrwerk. Ich ersticke in Staub und Gestank!"

„Macht Platz, ihr Himmelhunde!" schrie Rasmussen die Fuhrleute an. Geschrei entstand.

„Es geht nicht!" stellte Rasmussen fest. „Ich reite schon voraus." Damit wandte er sein Pferd und ritt auf ein stattliches Bürgerhaus am Markt zu.

Inzwischen war der Truppeneinmarsch beendet. Auch das Fuhrwerk konnte vorrücken; der Knäuel begann sich zu entwirren. Eine Viertelstunde später fuhr der Wagen der Gnädigen vor dem stattlichen Haus am Markt vor.

Es war ein feines, vornehmes Haus. Mit begehrlichen Blicken musterte die junge Frau die mächtigen Schränke

und Truhen auf den geräumigen Fluren und die schönen Zimmereinrichtungen mit geschnitzten Möbeln, schweren Fenstervorhängen und Teppichen. Alles verriet Reichtum und Kunstsinn. Der Ratsherr Lesse hatte eine „Manufaktur", eine Fabrik für optische Erzeugnisse, besonders Brillengläser. Er war ein Vorkämpfer dieser Kunst, die später die Stadt berühmt machen sollte.
Wieder hatte der Landsknechtsleutnant mit seiner Gnädigen die besten Zimmer in Beschlag genommen.
Hinrich hatte seine Pferde versorgt und war dann zu seinem Leutnant geeilt, um beim Auspacken zu helfen, für ihn eine unangenehme Sache, denn es gab dabei reichlich Katzenköpfe. Heut war es erträglich; Rasmussen war ob des guten Quartiers in bester Laune.
Ein leises Klopfen an der Tür, und der Quartierwirt trat ein. Ratsherr Lesse war ein hagerer kleiner Herr mit schmalem Gesicht, aus dem klare, kluge Augen blickten.
„Verzeiht, dass ich euch erst jetzt begrüße", sagte er. „Aber ich wurde in meiner Werkstatt aufgehalten."
„So so!" brummte Rasmussen. „Ich bin eigentlich gewöhnt, gleich bei der Ankunft an der Tür begrüßt zu werden. So gehört sich das. Ihr seid Brillenschleifer?" Setzte er hinzu. „Oder macht Ihr auch Fernrohre?"
„Jawohl!" entgegnete Ratsherr Lesse.
„Ein gutes Fernrohr könnte ich schon gebrauchen", deutete Rasmussen an. „Was kostet solch Ding?"

„Das ist verschieden", versetzte Ratsherr Lesse. „Ich würde dem Herrn Leutnant gern ein gutes Fernrohr zur Verfügung stellen."

„Gut! Danke! Henrik!" Der Leutnant gab Hinrich, der ihm gerade den Rücken zukehrte, einen ziemlichen Tritt. „Du holst nachher das Fernrohr ab!"

„Jawohl!" erwiderte Hinrich.

„Gleichzeitig möchte ich dem Herrn Leutnant eine Einladung übermitteln", fuhr Ratsherr Lesse fort. „Der Rat unserer Stadt gibt den Herren Offizieren heute Abend einen Empfang auf dem Rathaus. Auch Sie, Herr Leutnant, sind gebeten."

„Danke!" entgegnete Rasmussen nur. „Ich komme bestimmt."

Über das feine Gesicht des Ratsherrn ging ein Lächeln. Mit einer Verbeugung verließ er das Zimmer.

„Henrik", klang die Stimme der Gnädigen aus dem Nebenzimmer, „hilf mir mal, meine Sachen weghängen! Hast du dir auch die Schmutzpfoten gewaschen?"

Hinrich unterdrückte eine Bewegung des Abscheus. Seit die Leutnantsfrau Hedwig nicht mehr hatte, konnte er Kammerjungfer spielen. Das heißt, es wurde Zeit, dass die Sache hier ein Ende nahm! Das wurde ihm denn doch zu bunt!

Die angenehme Tätigkeit des Mittagessens unterbrach die verdammte Auspackerei. Dann aber musste Hinrich sofort in die Werkstatt ihres Wirtes laufen; Rasmussen hatte Eile, sein Fernrohr zu bekommen.

Der Ratsherr empfing Hinrich sehr freundlich, zeigte ihm seinen ganzen Betrieb und erklärte ihm die Verstellung und die Handhabung eines Fernrohres.

„Du scheinst ein ganz aufgeweckter Junge zu sein", bemerkte er. „Kannst du lesen und schreiben?"

„Nein!" erwiderte Hinrich. Er schämte sich immer, dies eingestehen zu müssen.

„Aber reiten kannst du?" fragte der Ratsherr lächelnd.

Auch Hinrich lächelte. „Ich denke doch!" erwiderte er. „Ich bin ja auf den, Pferderücken groß geworden."

„Wie bist du zu den Schweden gekommen?" fragte der Ratsherr. „Du bist doch ein deutscher Junge!"

„Wie man so dazukommt!" entgegnete Hinrich. „Ich will aber fort. Ich mag nicht mehr Trossbube sein und mag nicht mehr für andere stehlen. Ich will zu den Brandenburgern!"

„Tu das nur, mein Junge!" Mit einem freundlichen Blick war Hinrich entlassen.

Rasmussen hatte schon auf Hinrich gewartet. Er lag in einem Sessel, als Hinrich eintrat; dass seine Sporen sich in den prachtvollen Teppich bohrten, focht ihn weiter nicht an.

„Zeig mal das Ding her!" rief er und sprang auf. Die beiden bemühten sich mit ihren ungeübten Fingern das einrohrige Glas nach den Anweisungen, die Hinrich empfangen hatte, auseinanderzuschrauben.

Rasmussen setzte es ans Auge. „Ich sehe überhaupt nichts", sagte er enttäuscht. „Der Lump hat mich betrogen!"

„Man muss bloß mit einem Auge gucken, wie beim Schießen", belehrte Hinrich, „und nun nach dem Auge einstellen."

„Ja!" rief Rasmussen. „Jetzt sehe ich! Es wird immer deutlicher! Das ist doch eine merkwürdige Sache!" schloss er und betrachtete das Rohr in seiner Hand.

„Wer so etwas kann, ist wenigstens etwas nütze auf der Welt!" bemerkte Hinrich.

„Dummkopf!" fuhr Rasmussen ihn an. „Nütze oder nicht. Es gibt Herren und Knechte. Die Knechte sind zum Arbeiten da, die Herren aber sind wir! ... Hole jetzt den Bartscher! Ich will auf der Collation heut Abend nicht aussehen wie ein Stachelschwein!"

Die Dämmerung des langen Junitages füllte eben die Straßen, als von allen Seiten die Offiziere dem Rathaus zustrebten, dessen großer Festsaal mit den vielen Lichtern seiner Radkronleuchter in den sinkenden Abend hinausleuchtete. Jeder Offizier war von seinem Reiterjungen begleitet; die Jungen sollten bei Tische aushelfen, da es an Bedienung mangelte.

Die Offiziere waren in Gala, die Jungen zumeist in schmucker Pagentracht. Nur Hinrich ging in seinen Reitstiefeln und seiner kurzen Stalljacke. „Du siehst auch zu ruppig aus, Bengel!" schimpfte Rasmussen. „Besorge dir mal endlich anderes Zeug!"
Hinrich stand im Vorraum des Festsaals, die Hände in den Hosentaschen, und sah sich mit spöttisch verzogenen Mundwinkeln das festliche Leben und Treiben an. Aus dem Saal schallten die Fanfaren der Kürassiermusik.
Da stand der Ratsherr Lesse vor ihm; er trug über dem Seidenwams die goldene Amtskette. Er zog Hinrich in eine Ecke und sagte leise: „Du wolltest ja zu den Brandenburgern? Willst du einen Brief mitnehmen? Du würdest mir einen Gefallen damit tun, denn es kommt niemand mehr aus der Stadt. Du wirst die Losung ja wissen?"
„Die weiß ich!" versetzte Hinrich. Der Atem stockte ihm in der Brust vor freudigem Schreck. Er ging jetzt zu den Brandenburgern über! Es schien ihm wie ein Wink des Himmels.
„Ich übernehme den Brief", fuhr er fort. „Ihr könnt euch auf mich verlassen, Herr Ratsherr!"
So schnell er konnte, eilte er, den Brief in der Tasche, die breite Treppe hinab und nach seinem Stall, den Peter zu satteln. Der sollte bei der Gelegenheit seinem rechtmäßigen Besitzer wieder zugestellt werden.

Den beiden Brabantern klopfte Hinrich noch einmal zärtlich die Hälse; dann führte er seinen Peter hinaus und saß auf.

Er ritt an dem hellerleuchteten Rathaus vorbei. Ein schmetternder Reitermarsch und das Gelächter vieler lauter Stimmen klang über den dunklen Markt. Hinrich lachte in sich hinein. Was würde die Gnädige morgen sagen, wenn auch er verschwunden war? Sie hatte wirklich Pech mit ihren ‚Kammermädchen'.

Er erreichte das Haveltor; es war geschlossen. Der Wachthabende trat in die Tür. „Wohin?" fragte er barsch.

„Nach Havelberg!" erwiderte Hinrich. Er hatte gehört, dass der rechte Flügel der Schweden dort stehe.

„Losung?" fragte der Wachthabende.

„Breitenfeld!" erwiderte Hinrich.

Der Sperrbalken wurde geöffnet, die Zugbrücke ging nieder.

Diese Brücke führte nun über einen Arm der Havel. Nach kurzem Ritt kam Hinrich an die Hauptbrücke. Ein mächtiges Außenwerk schützte sie. Auch hier war das Tor geschlossen, und auch hier öffnete das Losungswort den Ausgang.

Hinrich ritt im Schritt über die mehrere hundert Schritt lange Brücke; Mannschaften waren dabei, den Belag abzuwerfen. Hinrich kam gerade noch hinüber.

Auf Genthin sollte er reiten, auf der links abzweigenden Landstraße. Schnell war diese erreicht; Hinrich gab dem Peter die Sporen und ritt in scharfem Trab hinein in die regnerische Nacht.

Beim Dorf Bieritz, etwa eine Meile von Rathenow entfernt gelegen, glühten hochlodernde Lagerfeuer durch die von Regendunst noch mehr verschleierte Nacht. Hier kampierte die kurfürstliche Armee.

Vor der Front der Derfflinger-Dragoner, deren Biwak den rechten Flügel der Aufstellung bildete, lag ein großes Zelt, von dem die brandenburgische Flagge flatterte; hier ging Jörg langsam auf und ab, den blanken Pallasch in der Faust. Es war das kurfürstliche Zelt, vor dem Jörg Posten stand. Drin fand ein Kriegsrat statt; man hörte das Durcheinandersprechen vieler Stimmen, dann wieder eine einzelne, klar und befehlend sprechende Stimme, und alle anderen schwiegen.

Es schlug zehn Uhr vom Kirchturm in Bieritz; Tritte tönten, die Ablösung. Jörg übergab seine Wache dem nachfolgenden Posten. In diesem Augenblick kam eilig ein Dragoner heran, der einen Reiterjungen geleitete.

„Hinrich!" rief Jörg unwillkürlich laut aus.

Hinrich nickte Jörg zu. „Lass nur! Gleich sprechen wir uns!" schien dies Nicken zu sagen. Der Dragoner, der Hinrich geleitet hatte, nahm diesem jetzt seinen Brief ab und verschwand damit im kurfürstlichen Zelt.

Wenige Minuten später saßen sich die beiden Freunde am Lagerfeuer gegenüber und tauschten rasch ihre Erlebnisse aus; Jörg begrüßte seinen Peter, der freudig bei seinem Anblick aufwieherte.

Eine halbe Stunde mochte vergangen sein, als die Zeltvorhänge aufgingen und die Offiziere herauseilten. Auf das Lagerfeuer der Dragoner kam der Oberstleutnant Henning zu. „Wo ist der Mann, der den Brief aus Rathenow brachte?" fragte er.

„Hier" rief Jörg und schob Hinrich vor.

„Du bist über die Havelbrücke gekommen?" fragte der Oberstleutnant. „War sie in gutem Zustand?"

»Es waren Mannschaften dabei, den Belag abzuwerfen", berichtete Hinrich.

„Gut! Danke!" versetzte der Oberstleutnant kurz.

Jetzt klangen langgezogene Trompetensignale durch die Nacht: „Das Ganze sammeln!" Hei! Da entstand ein Rennen und Laufen! Kommandorufe ertönten! Auch den Pferden teilte sich die Aufregung mit. Sie stampften und scharrten.

In kaum einer halben Stunde standen die Truppen, vorwiegend Reiterei, nur ein einziges Musketierregiment. Hinter jeder Formation hielt eine lange Wagenreihe, die unförmige Ungetüme beförderte. Es waren Kähne, die der kurfürstlichen Armee den Übergang über die Havel ermöglichen sollten; auch die Linumer Heukähne waren dabei.

Punkt elf Uhr nachts erfolgte der Abmarsch. Die Spitze hatte die Fünfte Schwadron Dragonerregiment Derfflinger.

Dumpf klatschten die Hufe der Pferde in dem aufgeweichten Boden; mühsam holperten die Wagen durch Wasserlachen und tiefen Kot. Stellenweise ritten die Dragoner wie bei einer Leichenparade. Oft steckten die Wagen ganz fest. Mit Vorspann mussten sie abgeschleppt werden. Das Knallen und Peitschen der Fuhrleute klang durch Regendunst und Finsternis. Ein eiserner Wille aber trieb Mann und Pferd vorwärts.

Es war gegen ein Uhr nachts, als die äußerste Spitze, der Zug Freese, bei ihr der Oberstleutnant Henning, an einer Gruppe hoher Silberpappeln haltmachte: vor ihr lag die Brücke und, grau in grauem Nebel verschwimmend, die Havel.

Gleich darauf trafen zwei Wagen mit zwei Kähnen ein.

„Kähne zu Wasser!" befahl Oberstleutnant Henning leise. Eine Dragonerstreife, die vorn auf der Brücke lag, hatte durch ihren Verbindungsmann die Brücke, von der der Belag abgeworfen war, als ungangbar gemeldet. Kräftige Arme griffen zu; bald lagen die langen Kähne auf dem Wasser.

„Vortreten, wer einen Kahn führen kann!" befahl der Oberstleutnant. Einige meldeten sich, auch Jörg. Er hatte so oft die beladenen Heukähne durch die Gräben des Luches gesteuert, warum sollte er nicht auch einen Kahn über die Havel führen können?

Er erhielt die Führung des ersten Kahns. Mann an Mann saßen die Dragoner, den schussfertigen Karabiner zwischen den Knien. Neben Jörg nahm Oberstleutnant Henning Platz. Im zweiten Kahn folgte Wachtmeister Freese mit dem Rest seines Zuges.

Mit leisen Ruderschlägen glitten die Kähne in die Strömung. Jörg steuerte längs der Brücke, von deren Mitte an der Belag abgeworfen war.

„Auf das Weidengebüsch dort drüben!" Jörg hielt darauf zu. Bald lagen die Fahrzeuge im Schutz des dichten Gezweiges. Alle Mann sprangen ins Wasser und wateten an Land. „Richtung auf die Schanze!" befahl der Oberstleutnant und deutete auf den hohen Wall vor ihnen. „Kein Wort wird gesprochen, kein Schuss fällt!" ...
Den Karabiner in der Linken, den blanken Pallasch in der Rechten rannten alle Mann auf den Wall los, klommen schweigend die steile Böschung hinauf. Oben stand ein Posten in dösendem Halbschlaf; der Hieb eines Dragoners streckte ihn nieder. Atemlos rannten alle Mann auf den Brückenkopf los. Ein glimmendes Licht unten am Tor bezeichnete die Wachtstube. Eine

Gewehrsalve krachte gegen sie; die herausstürzenden Schweden wurden unter Feuer genommen. Der Brückenkopf war erstürmt.

Jetzt setzte auch heftiges Gewehrfeuer am inneren Tor ein. Hier waren die Musketiere eingedrungen.

Ein Teil des Zuges Freese stellte den Belag der Brücke wieder her; er hatte sauber geschichtet am Torweg gelegen.

Eine Stunde später war das Regiment Dragoner unter Führung des Feldmarschalls übergegangen. Jörg war glücklich, als er seinen Coriolan wieder hatte; im Trab ritt das Regiment zu Schwadronsfronten auf und trabte auf das innere Tor zu. Hier hatten die Musketiere ganze Arbeit gemacht. Die Torflügel hingen zerbrochen in den Angeln. Zur Attacke schmetterten jetzt die Trompeten. Sausender Galopp in die von feindlichem Militär wimmelnden Straßen! Was nicht wich, wurde niedergeritten und niedergehauen. Im Fluge war man auf dem Markt. Hier hatte ein entschlossener feindlicher Kommandeur Infanterie gesammelt. Mit der Hand geworfene Granaten knallten den anreitenden Dragonern entgegen. Mitten im Getümmel tauchte ein bekanntes Gesicht vor Jörg auf: Rasmussen, barhäuptig, wie er aus dem Bankettsaal gelaufen war. Jörg holte zum Schlag aus.

„Den überlass mir!" klang es neben ihm. Hinrich jagte auf Peter heran, einen Kürassierpallasch in der Faust. „Für viele Schläge einen Schlag!" schrie er. Tödlich getroffen sank Rasmussen zu Boden.

Trommelwirbel, gellende Pfeifen! In geschlossener Front führte der Kurfürst persönlich das Musketierregiment in zerschmetterndem Stoß gegen die feindliche Infanterie. Da war beim Feind kein Halten mehr.

Als das erste Morgengrauen um die Türme und Giebel dämmerte, wehte wieder der brandenburgische Adler von den Wällen der treuen märkischen Stadt.

11. Kapitel
Eine schwüle Nacht

Ein schwüler Juniabend lag über Linum; er wurde noch schwüler durch den aufsteigenden Wasserdampf. Es hatte seit Tagen geregnet. Hinter dem großen Holunder, der über Warnkes Zaun seine Zweige streckte, stand Klaus. Wie der Jäger auf dem Anstand, dachte er. Allabendlich kam Hedwig an den Ziehbrunnen und füllte zum Tränken des Viehes die Eimer, die der alte Zache in den Stall trug. Heute wollte Klaus eine Entscheidung herbeiführen.

Er brauchte nicht lange zu warten; Hedwig erschien, pünktlich wie die Uhr, mit ihr der alte Zache. Klaus beobachtete sie, wie sie die Stange heraufzog, mit den leeren Eimern in die Tiefe gehen ließ und wieder heraufzog. Nicht die Anmut und Kraft ihrer Bewegungen sah Klaus; er dachte nur, wie er sich freuen würde, wenn es ihm gelänge, dieses Mädchen seinem verhassten Nebenbuhler zu entreißen.

Der alte Zache war soeben mit den ersten Eimern in den Stall gegangen, als Klaus plötzlich aus dem Dunkel des Holunderstrauches hervortrat.

Hedwig schrie leicht auf. „Mein Gott! Hast du mich erschreckt!" sagte sie dann; aus ihrer Stimme klang Unwille.

„Bist du so schreckhaft?" fragte Klaus und lächelte.
Schon dies Lächeln reizte Hedwig. „Ich bin nicht schreckhaft!" versetzte sie. „Aber jetzt, wo so viel Kriegsvolk in der Gegend ist und so viel Marodeure herumstreichen, ist's wohl verständlich, wenn man erschrickt."
„Ich wollte gern einmal mit dir reden", sagte Klaus, gerade auf sein Ziel losgehend. „Du weißt doch, dass mein Vater den Freiwerber für mich gemacht hat. Ihr habt noch keine Antwort darauf gegeben."
Hedwig wurde unruhig. „Es sind Verhältnisse eingetreten, die sich dazwischen stellten", erwiderte sie. „Ich kann jetzt nicht aus dem Haus gehen. Die Eltern brauchen mich in der Wirtschaft; Vater kann nach dem Brand keine Magd halten, die die Arbeit verrichtet."
„So so!" sagte Klaus. „Dein Vater hat jetzt schwere Sorgen?" fuhr er fort.
„Ja!" gab Hedwig zu.
„Du könntest seine Sorgen zerstreuen, Hedwig!" Klaus lehnte sich mit beiden Armen auf den Zaun und sah ihr fest ins Auge.
„Ich?" fragte Hedwig. „Wie sollte ich das können?"
„Sehr einfach!" erwiderte Klaus. „Indem wir ein Paar werden. Ich würde dann dafür sorgen, dass mein Vater euch den Hof wieder aufbaut." Klaus beobachtete Hedwig scharf: sie wurde blass und rot vor Erregung.

„Vielleicht überlegst du dir einmal, was ich dir gesagt habe", schloss Klaus. „Gute Nacht!" Gemächlich schlenderte er den Gartenweg hinab, ein Lächeln auf den Lippen. Der Pfeil, den er abgeschossen hatte, saß! Soviel hatte er gesehen.

Hedwig ging ins Haus und setzte sich still an den Spinnrocken; auch ihre Mutter saß am Spinnrad; durch das geöffnete Fenster drang süß der Duft des blühenden Flieders. Ihres Vaters Haar war in diesen Tagen weiß geworden; nächtelang saß er und rechnete und machte Pläne, wie er den Hof wieder aufbauen könnte. Und sie konnte ihm helfen und tat es nicht? War das Kindesliebe, der Dank für alles? Ach, wer fand aus diesen Zweifeln heraus!

Warnke trat herein. „Ich weiß nicht, was das für ein Haufen auf der Straße ist und für ein Fahren!" sagte er unruhig. „Ich will das Hoftor schließen. Gute Gäste können das nicht sein."

Frau Trude und Hedwig liefen in das Vorderzimmer und spähten durch die Vorhänge. Es war inzwischen ganz finster geworden, und es ließen sich in der von den hohen Bäumen noch mehr verdunkelten Straße nur undeutlich Einzelheiten erkennen. Eben kam ein Trupp Männer daher, die wie Landsknechte aussahen; aber sie besaßen keine Waffen. Jetzt kamen Wagen, wie sie den Landsknechtstruppen zu folgen pflegten, elende Karren, bis zum Brechen bepackt, von abgetriebenen Kleppern gezogen. Immer dichter wurde der Strom von Menschen, Reitern, Fuhrwerken, der sich durch die Dorfstraße von Linum ergoss.

„Das sind die Trümmer einer Armee!" sagte Warnke und trat zu Frau und Tochter; er hatte das Hoftor indes abgesperrt. „Was soll denn das heißen? Sind das Schweden?"

Da kam im Trab der kräftigen, aber abgetriebenen Pferde eine Reisekutsche heran und lenkte auf die Torfahrt des Schulzenhofes zu.

„Das ist doch der schnapsnasige Kutscher der Gnädigen!" rief Warnke. „Aber er hat nur noch zwei Pferde. Die Gnädige fuhr doch vierspännig?"

Der Wagenschlag ging auf, und die Leutnantsfrau stieg aus. Warnke ging hinaus, ihr die Tür zu öffnen. In diesem Augenblick riss der Kutscher die Pferde herum, peitschte auf diese los, dass ein paar Trossbuben, die sich hinten auf die Achse gesetzt hatten, herunterflogen, und fuhr in gestrecktem Galopp die Straße hinab. Im Nu war das Fuhrwerk in der Dunkelheit verschwunden.

„O der Lump!" schrie die Frau, in Zorn, mehr noch in Verzweiflung. „Alles nimmt er mit, alle meine Koffer! Mich lässt er hilflos sitzen! Die Vorderpferde hat er schon verkauft, jetzt stiehlt er das ganze Fuhrwerk. ...

Ach, mein Gott! Mein Gott!" sie schlug beide Hände vor das Gesicht, und die Tränen rannen ihr durch die Finger.

„Tretet ein!" sagte Warnke und zog die verzweifelte Frau in das Wohnzimmer. „Nun erzählt uns erst, was ist geschehen?"

In kurzen Worten schilderte Frau Rasmussen die Vorgänge in Rathenow; wie sie Hals über Kopf geflohen, wie sie Tag und Nacht gefahren waren, bis hierher.

„Würdet Ihr mich eine Nacht hierbehalten? schloss sie. „Oder jagt Ihr mich in die Nacht hinaus?"

Warnke maß sie mit einem kurzen Blick. „Verdient hättet Ihr ja nichts Besseres, so wie ihr hier gewütet habt, selbst eine Deutsche, gegen uns, die wir auch Deutsche sind. Aber ... bleibt diese Nacht. Ich will Euch aufnehmen."

„Ich danke Euch!" versetzte Frau Rasmussen und drückte Warnke die Hand. „Ein klein wenig", fuhr sie fort, „habe ich es verdient. Hätte ich meinen Mann damals nicht bewogen euer Lösegeld zu nehmen, wäret Ihr erschossen worden!"

„Euch verdanke ich das? Dann freut es mich doppelt, dass ich Euch aufgenomen habe. Gute Taten sollen ihre Früchte tragen!" erwiderte Warnke.

Allmählich wurde es still auf der Straße. Man ging zur Ruhe. Nur das Horn Vater Bummerts, des

Nachtwächters, klang jede Stunde durch die dunkle Nacht.

Mit Tagesgrauen erwachte Warnke von dumpfem Hufgetrappel. Er sah zum Fenster der Schlafkammer hinaus. Kürassiere ritten durch Linum, Schwadron hinter Schwadron. Es folgten Musketiere, Fähnlein nach Fähnlein; alle trugen die blaugelbe, die schwedische Feldbinde. Es war die Hauptarmee unter dem General von Wrangel, die der im Anmarsch gemeldeten kurfürstlichen Armee entgegenrückte.

„Armer Herr Kurfürst!" murmelte Warnke. „Ihr habt noch eine schwere Arbeit vor euch! Wenn's nur gut geht!" setzte er hinzu. „Wenn's nur gut geht!"

Aus der Haustür trat eben die Leutnantsfrau. Sie hatte ihr Kleid hochgesteckt und trat, als eine Trosskolonne vorbeizog, in die Reihe der armen Soldatenweiber ein, die kein Fuhrwerk hatten, sondern ihr Bündel selbst schleppten, und war schnell verschwunden.

„Ja, ja", meinte Warnke, „jeder erntet, was er gesät hat. Man kann sie nicht bedauern."

Das Kommando „Halt!" eilte die langen Marschkolonnen hinab. Zug- und kompanieweise rückten jetzt die Truppen auf die einzelnen Höfe. Auf Warnkes Hof quartierte sich eine halbe Kompanie ein, auf Lewerentz' Gehöft eine ganze, außerdem der Stab: General Wrangel mit großem Gefolge, Adjutanten, Ordonnanzen, Trossknechten. Auch eine ganze Gepäckstaffel hielt auf dem Hof. Lewerentz stand grimmig vor seiner Haustür: Natürlich! Er trug wieder die Hauptlast! Über seine Einquartierung sollte nicht sagen können, dass er ihnen mit zu großer Freundlichkeit entgegenkäme! Hole der Teufel sie alle zusammen!

Die Mannschaften blieben nicht in ihren Quartieren. Sie forderten Schanzzeug, Spaten, Hacken, Äxte und zogen vor das Dorf. Als Warnke mit seinem Gespann zum Pflügen auf seinen an der Straße nach Nauen gelegenen großen Schlag kam, sah er sie bei der Arbeit: Quer über die Straße wurde ein Verhau gezogen, Laufgräben und Brustwehren entstanden längs der Gartenzäune; bei der Windmühle wurde eine große Schanze für grobes Geschütz aufgeworfen.

„Hier hageln bald blaue Bohnen!" murmelte er.

12. Kapitel
Das Brücken-Spreng-Kommando

Die kurfürstliche Armee war nach ihrem kühnen Landstreich auf Rathenow, der die feindliche Front an der Havellinie mitten durchgesprengt hatte, auf dem Vormarsch auf Nauen. Sie hatte eben die Nibbecker Heide hinter sich gelassen, und ihre Spitze, die Derfflinger-Dragoner, ritten durch eine offene Gegend mit weitem Blick über das grüne Wiesenland des Luches.

Neben dem Trompeter von Jörgs Schwadron ritt stolz, innerlich glückselig Hinrich. Er war nach einer Prüfung durch den Stabstrompeter in das Trompeterkorps eingestellt worden. Er war am Ziel seiner Wünsche.

An einem breiten Triftweg, der in das Luch hineinführte, hielt Oberstleutnant Henning. Er zog die Fünfte Schwadron aus der Marschkolonne und ließ sie halten.

„Wir haben den ehrenvollen Auftrag", verkündete er, „im Rücken der Feinde die Brücken zu sprengen, um der feindlichen Armee den Rückzug abzuschneiden. Ich erwarte von euch, dass jeder Mann seine Pflicht tut. ... Wachtmeister Freese", wandte er sich an diesen, „ist unter den Leuten einer, der hier ortskundig ist?"

„Jawohl! Der Dragoner Bessert!" versetzte Freese.

„Dragoner Bessert!" rief Oberstleutnant Henning. Klopfenden Herzens ritt Jörg vor. „Führt dieser Weg bis Fehrbellin?"

„Ich kenne den Weg nicht, Herr Oberstleutnant!" versetzte Jörg. „Aber er hat Richtung auf Fehrbellin. Die Wege im Luch sind nur zu bestimmten Jahreszeiten und unter besonderen Witterungsverhältnissen gangbar."

„Du meinst, die Möglichkeit, steckenzubleiben, hat man auf jedem Wege?"

„Jawohl!" erwiderte Jörg.

„Gut! Bleibe an meiner Seite!" befahl der Oberstleutnant. „Eskadron ... Trab!"

In scharfem Trab ging es auf dem weichen Wiesenweg dahin. Aus dem nassen Gras stieg nach den anhaltenden Regengüssen ein warmer Wasserdampf auf; die ganze Luft war davon erfüllt. Es war wie ein Dampfbad. Unter den Sattelgurten der Pferde stand der weiße Schaum; von den Stirnen der Reiter lief der helle Schweiß.

Eine gute halbe Stunde ritt man in freiem Trab. Man kam schnell voran. Die Ribbecker Heide lag nur noch als ein schwacher Schattenriss weit hinter ihnen; ringsum und voraus, soweit man sehen konnte, nur Wiesen, Wiesen.

Der Weg wurde jetzt so nass, dass die Pferde bis über die Fesseln versanken. Sie fielen in Schritt; immer mühsamer zogen sie die Hufe aus dem moorigen Wiesengrund. Immer öfter mussten die Reiter tief eingeschnittene Gräben kreuzen; das hinunter... und jenseits wieder... hinauf...klettern strengte Pferde und Reiter an. Alles dampfte, keuchte. Immer überwachsener und undeutlicher wurde der Weg.

„Reite voran, um den Weg ausfindig zu machen", sagte der Oberstleutnant zu Jörg. „Ich gebe dir einen Mann mit!"

Während die Schwadron im Schritt sich durch das Luch arbeitete, ritt Jörg, halb im Trab, halb im Galopp, voraus. Immer schwieriger wurden die Übergänge, immer breiter die Wasserläufe. Oft musste Jörg erst eine Furt suchen; denn der morastige Untergrund hätte Ross und Reiter hinabgezogen.

Der Schweiß lief in Strömen, die Zunge klebte am Gaumen. Aber Jörg ließ nicht nach. So kämpfte er sich an die Stadt Fehrbellin heran.

deren Kirchturm immer deutlicher über den Wiesen aufstieg. Endlich, bei sinkendem Abend, erreichten sie westlich von Fehrbellin festes Land.

Oberstleutnant Henning klopfte Jörg auf die Schulter. „Wachtmeister Freese", wandte er sich an diesen, „der Dragoner Bessert ist zur Beförderung einzureichen."

Wer war glücklicher als Jörg?

Wie sie eben am Ufer des Rhins im Schuh eines Rohrwaldes absattelten, kam ein Kahn in Sicht, in dein ein alter Fischer stand. Der Fischer wollte schleunigst wenden und fliehen, aber der Oberstleutnant rief: „Halt! Gut Freund! Wir sind Brandenburger." Der Alte lächelte und zog seine Kappe.

„Sind feindliche Truppen in Fehrbellin?" fragte Oberstleutnant Henning.

„Feindliche Truppen sind eigentlich nicht da. Nur eine Bedeckung. Aber der ganze Tross liegt in der Stadt. Da werden einem die Haare vom Kopf gestohlen."

„Wo liegen denn die Truppen?" erkundigte sich Henning.

„Die liegen in Hakenberg, Linum, Börnicke; die ganze Gegend bis zum Nauener Damm soll von den Schweden besetzt sein."

„So so! Ich danke für die Auskunft!" schloss der Oberstleutnant die Unterredung. „Und ... wenn Ihr nach Fehrbellin zurückkommt, haltet reinen Mund! Ihr habt niemanden und nichts im Luch gesehen! Verstanden?"

„Jawohl, Herr Oberstleutnant!" versprach der Mann.

„Ihr kennt mich?" fragte Oberstleutnant Henning erstaunt.

„Das will ich meinen!" lachte der Alte. „Von der Verteidigung unserer Brücke her. Herrn Oberstleutnant kennt in Fehrbelliin jedes Kind." Damit stieß er seinen Kahn mit der langen Ruderstange weiter.

Sowie die Pferde abgefüttert waren, streckte sich alles in das nasse Gras. Nur der ausgestellte Doppelposten wachte. Auch Jörg war todmüde nach den Anstrengungen

des heutigen Tages. Aber er hatte einen schönen Lohn empfangen. „Gefreiter!" murmelte er im Einschlafen.
In der Nacht begann es wieder zu regnen. Jörg schlief so fest, dass er nicht merkte, wie der Regen in seine Kleidung drang.
Gegen Mitternacht erhob sich Oberstleutnant Henning aus dem nassen Gras, in dem auch er gelegen hatte. Er warf einen Blick auf die dunklen Gestalten der Schläfer und die Pferde, die im Stehen schliefen. So müde waren Menschen und Tiere! Aber in kaum drei Stunden graute der Tag. Bis dahin musste ihr Werk getan sein. Er weckte Wachtmeister Freese. Der sah ihn zuerst schlaftrunken an, im nächsten Augenblick stand er auf den Füßen. Zehn Minuten später war die Schwadron angetreten, jeder Mann neben seinem Pferd.
Wieder rief Oberstleutnant Henning Jörg an seine Seite. In kurzem Trab ging es durch die stockfinstere Nacht. Eine vorgeschickte Streife meldete, dass nur der Tross in Fehrbellin läge. Die Aussage des alten Fischers bestätigte sich also.
Sie erreichten Fehrbellin bei dem ihnen so bekannten Scheunenviertel. Jörg führte die Schwadron außen um die Stadt herum, auf einem Feldweg zwischen Hecken und Zäunen hindurch.
In wenigen Minuten waren sie an der Brücke und ritten im Schritt hinüber, um möglichst wenig Lärm zu machen.

Zwei Züge unter dem Rittmeister der Schwadron mussten jenseits der paar Fischerhäuser und kleinen Anwesen, die an der Brücke lagen, eine Ausnahmestellung einnehmen; der dritte Zug unter Wachtmeister Freese und unter persönlicher Leitung des Oberstleutnants sollte die Sprengung ausführen.
Die Packpferde wurden vorgeführt. Die Pulverfässchen wurden abgeladen und in die Brückenjoche geklemmt. Außerdem ließ der Oberstleutnant den Belag abwerfen, für den Fall, dass das Pulver nass geworden war und nicht zündete.
So! Man war fertig. Die Zündschnüre waren an die Pulverfässchen gelegt und angezündet, die Flämmchen fraßen sich knisternd die Fäden entlang.
„An die Pferde!" Im Laufschritt liefen die Dragoner an ihre im Schuh eines der kleinen Anwesen stehenden Gäule. Im Galopp ging es auf der Hakenberger Straße dahin; der erste und zweite Zug unter dem Rittmeister der Schwadron schlossen sich an.
„Wir wollen die Belegung von Hakenberg und Linum feststellen", sagte Oberstleutnant Henning. „Führe uns möglichst gegen Sicht gedeckt."
„Jawohl!" erwiderte Jörg.
In diesem Augenblick ertönte ein furchtbarer Knall, gleich darauf ein zweiter, noch schwererer. Eine grelle Stichflamme schlug jäh über dem Rhin hoch! Es war

gelungen. Ein zufriedenes Lächeln spielte über die ernsten, strengen Züge des Oberstleutnants Henning.

Die Schwadron bog jetzt von der Straße ab; dicht am Rande des Rhinluches führte sie Jörg im Schutze dichter Rohrwälder hin.

Bald kam Hakenberg in Sicht. Eine rechts herausgegebene Streife unter dem zum Korporal beförderten Wiese stellte einen großen Geschützpark dort fest, der vor dem Dorf auf einem Kleeschlag aufgefahren war.

Weiter im scharfen Trab. Linum tauchte vor den Reitern auf. Der Oberstleutnant vermutete hier die Hauptstellung des Feindes. Der dritte Zug unter Wachtmeister Freese wurde zur Erkundung abgeordnet.

Es war gegen drei Uhr morgens. Ein fahles Grau dämmerte über der regenfeuchten, eben in schwachen Umrissen aus der Nacht tretenden Landschaft und über den Scheunendächern und Gehöften von Linum; eben krähten die ersten Hähne in den grauenden Morgen. Ein warmes Heimatgefühl stieg in Jörg auf; so lange hatte er das alles nicht gesehen.

Jörg ritt an Wachtmeister Freese heran. „Ich möchte bei meinem Pflegevater vorsprechen", sagte er. „Ich glaube, ich kann da am ehesten hören, wie stark der Ort belegt ist."

„Das ist wahr!" erwiderte Freese. „Geh nur! Lass dich aber nicht fangen! Wer in ein Gehöft geht, kann drin sitzen wie die Maus in der Falle. Jedenfalls gebe ich dir einen Mann als Pferdehalter mit."

„Ich werde mich schon vorsehen!" erwiderte Jörg und sprengte mit seinem Begleiter auf das Gehöft Warnkes zu.

Vor dem Zaun, über den er damals geflüchtet war, saß er ab; der beigegebene Dragoner musste sich mit den Pferden unter das dichte Gezweig eines Holunderstrauches stellen.

Vorsichtig schlich Jörg durch den Garten und an den Trümmern der niedergebrannten Scheune vorbei auf den Hof. Nichts rührte sich. Nicht einmal einer der Hunde schlug an.

Da ging das Licht in der Küche an; einen Augenblick erschien Hedwig am Fenster, dann wandte sie sich wieder in das Innere der Küche.

Mit ein paar Sätzen hatte Jörg den Hof überquert und stand an der Haustür. Sie war geschlossen; er klopfte leise; ein leichter Tritt, Hedwig stand vor ihm. Erschrocken prallte sie bei seinem Anblick zurück.

„Guten Morgen, Hedwig!" flüsterte Jörg lächelnd. „Wir sind auf Streifritt und sollen feststellen, was in Linum liegt."

„Hier liegt eine Menge Truppen!" erwiderte Hedwig. „Infanterie draußen am Lakenberger Wäldchen; weitere im Dorf, wir haben allein fünfzig Mann im Quartier. Ein großes Kavalleriebiwak ist an der Straße nach Hakenberg. Außerdem liegt nebenan bei Lewerentz der General von Wrangel mit seinem ganzen Stab."

„Ich danke dir!" Jörg fasste Hedwigs beide Hände und sah ihr fest ins Gesicht. „Was hast du, Hedwig?" fragte er leise, besorgt. „Du siehst so anders aus, so ernst, gar nicht so wie sonst!"

„Ich bin auch eine andere geworden, Jörg!" erwiderte Hedwig mit einer fremd klingenden Stimme. „Eine ganz andere! Ich ... habe mich entschlossen, zu heiraten."

Sie sagte es müde und tonlos. Jörg fuhr zusammen. „Heiraten?" stieß er erregt hervor.

Hedwig zögerte einen Augenblick mit der Antwort. „Klaus Lewerentz", versetzte sie dann mit abgewandtem Gesicht.

„Klaus Lewerentz?" rief Jörg leise. „Das kann nicht sein. Das kann nicht dein Ernst sein!" Erregung und Wut kämpften in ihm. „Am Gottes willen, ,Hedwig, du kannst doch diesen Menschen nicht heiraten wollen! Last du vergessen, was du mir gesagt hast: Ich nehme Klaus Lewerentz nie?"

„Das habe ich nicht vergessen", erwiderte Hedwig. „Aber es muss sein."

„Warum muss es sein?" fragte Jörg dringlich. „Zwingen dich deine Eltern?"
Hedwig schüttelte den Kopf.
„Warum denn dann in aller Welt?" rief Jörg verzweifelt.
„Klaus ... will das Geld geben, unsern Hof wieder aufzubauen!" kam es langsam und stockend von Hedwigs Lippen.
„So?" Eine namenlose Wut kochte in Jörg empor. „So? Pfui!"
Draußen knarrte das Tor der kleinen, vom Brand verschonten Scheune; ein Trommler trat heraus und schlug in dumpfen Wirbeln das Wecken.
„Du musst fort!" stieß Hedwig angstvoll hervor. „Schnell! Lass dich nicht fangen!" Ihre Augen füllten sich mit Tränen.
„Nein, nein!" erwiderte Jörg hastig. „Ich möchte nur noch eins sagen: mir tust du bitter weh, Hedwig!"
Drüben in der Scheune wurde es lebendig. Die feindliche Einquartierung rappelte sich aus dem Stroh.
„Leb wohl, Hedwig! Gott schütze dich!" Einen Augenblick drückte Jörg Hedwigs Hand, dann eilte er die Stufen zum Hof hinab und war zwischen den Wirtschaftsgebäuden in dem noch dämmernden Garten verschwunden.

Hedwig lauschte auf seine schnell verklingenden Schritte; dann schlug sie verzweifelt beide Hände vor das Gesicht.

Im Galopp jagten Jörg und sein junger Kamerad zu ihrer Schwadron zurück. Die Besetzung von Linum, die große Schanze am Dorfausgang, alles war festgestellt.

Am späten Nachmittag, oft gehetzt von feindlicher Reiterei, näherte sich die Schwadron der Stadt Nauen.

Vom Nauener Damm her klang Schießen. Die Brandenburger unter General Lütke schlugen dort die schwedische Nachhut zurück.

Als die Schwadron auf schaumbedeckten abgejagten Pferden in Nauen einritt, war dort alles voller Leben; soeben war die kurfürstliche Armee in die Stadt eingerückt. Oberstleutnant Henning konnte dem Feldmarschall Derfflinger melden, dass die wichtige Brücke bei Fehrbellin gesprengt sei. ...

13.Kapitel
Die Schlacht bei Fehrbellin

Auch in dieser Nacht fiel ein warmer, schwüler Regen, zuweilen unterbrochen von einem Gewitterguss, der jedoch keine Abkühlung brachte.
Jörg saß die ganze Nacht am Biwakfeuer seiner Schwadron und starrte in die Flammen. Er konnte nicht schlafen, so hatte ihn das Gespräch mit Hedwig erregt. Hedwig wollte heiraten! Eine heftige Wut fasste Jörg; er ballte die Fäuste, dass sich die Nägel in das Fleisch gruben.
Sie wollte Klaus Lewerentz heiraten, um dem Vater durch ihre Heirat die Mittel an die Hand zu geben, den Hof wieder aufbauen zu können! Das war ihr Beweggrund. Aber der Einsatz war zu hoch; dies Opfer sollte und durfte sie nicht bringen! Dies war auch bestimmt nicht im Sinne Warnkes. Jörg wollte Warnke von den Absichten Hedwigs in Kenntnis setzen. Er zweifelte nicht, dass Warnke seinen ganzen Einfluss aufbieten würde, Hedwig von solch übereiltem Schritt zurückzuhalten. Klaus Lewerentz sollte sie nicht heiraten! Dafür wollte Jörg sorgen!
Dieser Entschluss machte ihn etwas freier und ruhiger. Die große körperliche Ermüdung nach den Anstrengungen

der letzten Tage tat das Ihre: der Kopf sank ihm schwer auf die Brust. Er schlief tief und fest ein.

Ein kräftiges Rütteln an der Schulter ließ ihn auffahren. Sein Berittführer, Korporal Schüttler, stand vor ihm: „Auf!" Jörg sah den Korporal schlaftrunken an. „Aufstehen! Stiller Alarm! Füttern und Satteln!" Jörg schüttelte den Schlaf ab und eilte zu den Pferden seiner Schwadron, die in langer Reihe hinter den Lagerfeuern gekoppelt standen.

„Wie spät mag es sein?" fragte er im Vorübergehen den Posten, der bei den Pferden auf und ab ging.

„Es hat eben in der Stadt ein Uhr geschlagen", erwiderte der Posten. Es war eine stockfinstere Nacht; der Regen hatte aufgehört, doch immer noch herrschte die schwülwarme Gewitterluft.

Jörg fütterte zunächst und begann zu striegeln. Die Lagerfeuer waren indes geschürt worden, so dass man bei dem flackernden Schein der Flammen wenigstens etwas sehen konnte.

Es war gegen zwei Uhr morgens; Jörg hatte Wasser geholt und tränkte gerade, als der Befehl kam: „Schwadron antreten!"

Punkt zwei Uhr standen die Derfflinger-Dragoner aufmarschiert in Regimentsfront; der Obrist war mit einem höheren Kommando betraut worden;

Oberstleutnant Henning führte das Regiment. Diesem meldeten die Schwadronschefs.

Es wurde jetzt Marschkolonne formiert, und zunächst im Schritt, um die Pferde nicht vorzeitig anzustrengen, dann in einem immer schärfer werdenden Trabe ging es auf der aufgeweichten Straße dahin, dass Wasser und Erdklumpen unter den Hufen all der raschen Pferdebeine spritzten.

Im Galopp jagte der Führer der Vorhut, der General Prinz von Homburg, mit seinem Stab an den trabenden Schwadronen vorüber und verschwand vor ihnen in der Dunkelheit. Der Prinz saß fest im Sattel, trotz seines silbernen Beines; eine Kanonenkugel hatte ihm seinerzeit das eine Bein fortgerissen.

Scharf durchdrangen die Augen der Reiter die Finsternis; Wurzelknorren bildeten förmliche Fußangeln für die schnell trabenden Pferde; glitschige Stellen verlangten besondere Aufmerksamkeit. Dazwischen flog der Blick in die Landschaft hinaus. Baumgruppen und die Schwengel der Ziehbrunnen auf den Viehkoppeln hoben sich hier und da aus dem Dunkel; oft klang das Brüllen des auch über Nacht draußen liegenden Viehs herüber.

In schweigendem Ritt ging es durch Tietzow und durch Börnicke, die einzigen Dörfer auf dem meilenlangen Weg. Der Feind hatte beide Ortschaften über Nacht geräumt.

Bald hinter Börnicke stieg die Straße in einem großen Bogen zu den Höhen von Linum und Hakenberg hinauf. Die Pferde dampften und schnaubten schwer; im Schritt ging es die sanfte Steigung hinauf.

Die Spitze hatten die Bomsdorff-Dragoner; man hörte donnernden Galopp; einige Schwadronen wurden zu einer Attacke auf Linum angesetzt; das Gros der Vorhut machte indes halt. Die Pferde senkten die Köpfe und schnaubten in die Gebisse.

Da begann vorn das Schießen. Aha! Die Schweden waren auf Hut gewesen, dachte Jörg. Auch das grobe Geschütz in der Schanze von Linum begann zu spielen.

Ein Weilchen hielten die Schwadronen. Allmählich begann es zu dämmern, und auch die weitere Umgebung trat aus dem Dunkel der Nacht.

Ein Adjutant jagte heran; Oberstleutnant Henning ritt ihm entgegen. Im nächsten Augenblick kam der Befehl: „Schwadronen aufmarschieren!"

Diese ritten zu Schwadronsfronten auf; Jörg schlug das Herz hoch in der Brust.

Mit drei Schwadronen im ersten, zwei im zweiten Treffen setzte sich das Regiment in Trab.

Es wurde links von der Straße abgeschwenkt; in einer großen Hakenschwenkung rechts zog sich das Regiment jetzt um Linum herum auf das Wäldchen bei Hakenberg zu, in dem die Bauernwehr am Tag ihrer Auflösung biwakiert hatte.

„Galopp, marsch, marsch!" bliesen die Trompeter. Es war das erste Signal, das Hinrich in vollem Reiten blies. Aber es ging! Er fühlte es mit Stolz.

Jörgs Fünfte Schwadron ritt auf dem linken Flügel im ersten Treffen und hatte die größte Schwenkung zu machen; in einem langen Galopp, was die Pferde nur greifen konnten, jagten sie dahin. Die Reiter flogen in den Sätteln, die Mähnen der Pferde wehten, der Wind strich sausend um die erhitzten Stirnen.

Jetzt ging es gerade auf das Wäldchen zu. Da krachte es drüben im Gehölz: Musketen... und Artilleriefeuer! Kerzengerade bäumten hier und da Pferde und überschlugen sich, Reiter stürzten aus den Sätteln, immer dichter wurde der Kugelhagel.

Kehrt! Der Angriff war abgeschlagen. Ein übermächtiger Gegner lag in dem Wäldchen als rechter Flankenschutz des bei Linum stehenden feindlichen Hauptheeres.

Das Gefecht musste zum Stehen kommen.

Mit unbewegtem Antlitz, gespannt, hielt Oberstleutnant Henning auf einem Ackerstück und sammelte die aufgelöst zurückkommenden Schwadronen.

„Absitzen zum Feuergefecht!" erging der Befehl.

Jörg erhielt die Aufsicht über die Pferdehalter seines Zuges. Die Pferde seiner Schwadron wurden hinter einen

Hain geführt, der, mit Birken und Wacholder bestanden, gute Deckung bot. Vorn rückten die abgesessenen Schwadronen, die sich wieder in Infanteriekompanien verwandelt hatten, gegen das Wäldchen vor.

Pelotonfeuer ... abteilungsweise abgegebene Salven ... wurde gegen das Gehölz gerichtet. Von Linum bis zum Hakenberger Wäldchen rollte und krachte ein ununterbrochenes Feuer. Eine große Schlacht leitete sich ein, dachte Jörg mit großen und erwartungsvoll glänzenden Augen.

Unweit von ihm hatte Oberstleutnant Henning mit seinem Adjutanten Stellung genommen. Eben sprengte der Prinz von Homburg mit seinem Stab heran. Oberstleutnant Henning galoppiert ihm entgegen.

„Wie sieht's hier aus?" fragte der Prinz.

„Es ist vorläufig kein Weiterkommen, Durchlaucht!" meldete Oberstleutnant Henning. „Das Gehölz vor uns ist vom schwedischen Regiment Dalwig sehr stark besetzt und ohne Geschütz uneinnehmbar."

Der Prinz beriet sich mit den Herren seines Stabes.

„Schickt diesen Brief mit einem schnellen Meldereiter an den Herrn Kurfürsten, Oberstleutnant Henning!" sagte er und händigte diesem ein eben schnell entworfenes Schreiben aus.

Oberstleutnant Hennings Auge fiel auf Jörg; er winkte ihn heran. „An den Herrn Kurfürsten!" sagte er und übergab Jörg den Brief des Prinzen. „Du kennst den Herrn Kurfürsten?"

„Jawohl!" erwiderte Jörg; unvergesslich hatten sich ihm am Tag von Rathenow die Gestalt und die Züge des Kurfürsten eingeprägt.

Er lief zu seinem Pferd, und in langem Galopp jagte er den sanften Abfall des Geländes in Richtung auf Börnicke hinab.

Bald hinter diesem Dorf traf er auf einen Zug Reiter, dem die brandenburgische Standarte voranflatterte. Beim Näherkommen erkannte er den Kurfürsten und an seiner Seite den Feldmarschall Derfflinger. Jörg parierte sein schaumbedecktes Pferd und überreichte dem Feldmarschall auf dessen auffordernde Handbewegung den Meldebrief.

Der Kurfürst ließ Derfflinger die Meldung verlesen. Er habe den Feind scharf gepackt, schrieb der Prinz, und seinen rechten Flügel umklammert. Er habe seinen letzten Mann eingesetzt und komme allein nicht mehr weiter. Er bäte dringend um Unterstützung und um Geschütz, oder er müsse alle errungenen Vorteile wieder aufgeben und sich zurückziehen.

„Was meint Ihr, Derfflinger?" fragte der Kurfürst. „Seid Ihr noch der Meinung, dass es geratener sei, nicht hier die Entscheidung zu suchen, sondern über Kremmen dem Feind in den Rücken zu fallen?"

„Jawohl, Euer Durchlaucht!" versetzte der Marschall. „Es ist ein mehr als gewagtes Unternehmen, einen so übermächtigen Gegner, noch dazu in einer so günstigen Stellung, mit so erschöpften Truppen wie den unseren, vollends ohne alle Infanterie, anzugreifen."

Der Kurfürst richtete sein großes klares Auge einen Augenblick auf Jörg und musterte dessen abgejagtes, mit Schaum und Schweiß bedecktes Pferd. „Es scheint Not am Mann zu sein!" bemerkte er. „Sie sollen nicht umsonst gekämpft haben. Weil wir dem Feind so nahe sind, meine ich, muss er Haare oder Federn lassen." Er wandte sich an Jörg. „Bestelle Seiner Durchlaucht, ich komme."

Jörg grüßte, warf sein Pferd herum und galoppierte den Weg zurück, den er gekommen war. Als er die Höhe vor Linum hinaufritt, in einem kurzen Trab … sein Coriolan war vollständig ausgepumpt …, schien es ihm, als wenn die Bomsdorff-Dragoner, die in Front vor Linum lagen, sich ein gutes Stück vorgekämpft hätten.

Auf der ganzen Front ging noch immer das Feuergefecht hin und her. Vor dem Hakenberger Wäldchen stand das Gefecht eisern fest. Hier war nicht der kleinste Vorteil errungen worden.

Nachdem Jörg seine Meldung dem Stabschef des Prinzen gemacht hatte, ritt er zu den Pferdehaltern seiner

Schwadron, saß ab und stellte sein Pferd in die Reihe der übrigen.

Hinrich trat zu ihm; er trug jetzt ebenfalls das Büffelkoller und die brandenburgische Feldbinde. Seine Trompete hing an langer, rot-weiß gewirkter Schnur über seiner Schulter. „Ich muss heute den ganzen Tag an meine Heimat denken", sagte er. „Und mit einem Mal fiel mir der Name meines Heimatortes ein: ich bin aus Fiddichow."

„Aus Fiddichow bin ich auch!" rief Jörg erstaunt.

„Sieh mal an! Da sind wir ja ganz enge Landsleute!" erwiderte Hinrich. Er schien noch etwas hinzusetzen zu wollen, doch er brach kurz ab.

Es war auch keine Zeit zu weiteren Unterhaltungen. Drüben im Hakenberger Wäldchen wurde es lebendig. Plötzlich flutete in tief gegliederten Bataillonen das ganze Dalwigsche Regiment mit fliegenden Fahnen unter dem Wirbel der Trommeln heran. Wie Spreu vor dem Wind mussten die Dragoner weichen.

In diesem gefährlichen Augenblick kam Hilfe. Ein weiteres Dragoner-Regiment traf auf dem Schlachtfeld ein, und die schnell abgesessenen Schwadronen gingen unter heftigem Feuer vor. Gleichzeitig ritt Derfflinger auf das Schlachtfeld und übernahm das Kommando auf diesem Flügel.

Er ließ die eben eingetroffenen Schwadronen sich immer weiter links ziehen, um den rechten Flügel der Schweden zurückzudrücken. Jetzt fuhr auch Artillerie auf und protzte ab. Unter dem vereinigten Feuer der Dragoner und den schweren Bomben der Geschütze wurde der Feind in das Gehölz zurückgetrieben. Bäume krachten. Äste fielen unter den durch die Baumkronen sausenden Stückkugeln; in völliger Anordnung und unter großen Verlusten gingen die Kolonnen des Regiments Dalwig durch das Wäldchen zurück.

Sofort schmetterten bei den Brandenburgern die Hörner zum Vorgehen. Jörg war wieder in die Front beordert worden. Im Laufschritt rückten die Dragoner in atemraubender Jagd, über gestürzte Bäume, über Verwundete und Tote, durch den zerschossenen Wald, sich immer weiter links ziehend, und faßten jenseits des Wäldchens auf einer Höhe, die die Straße nach Fehrbellin beherrschte, von neuem Stellung. Auf der Straße nach Fehrbellin aber bewegten sich Truppen und Munitionskolonnen. Der schwedische Generalissimus Wrangel hatte seine erste Stellung bei Linum geräumt.

Eine kurze Gefechtspause trat ein, während der die Dragoner sich in der neuen Stellung einrichteten. Auch das schwedische Regiment Dalwig, das in Richtung auf Hakenberg zurückgegangen war, ordnete sich zu neuem Ansturm.

Jörg überflog das ganze weite Schlachtfeld mit einem schnellen, scharfen Blick. Mitten in Linum stieg eine helle Lohe auf, und dunkle Rauchwolken lagerten darüber. Es musste ein riesiger Brand sein und ganz in der Nähe des Warnkeschen Hofes.

Es war keine Zeit, darüber nachzudenken. Eben fuhr die Batterie kurfürstliche Artillerie, die das Dalwigsche Regiment zurückgetrieben hatte, im Galopp der dampfenden Pferde heran und protzte hinter ihnen ab. Die Straße Linum...Fehrbellin lag in ihrem Feuerbereich.

Da setzte das Regiment Dalwig zu neuem Sturm an.

Wieder fluteten seine tiefgegliederten Bataillone gegen die Dragoner heran. Die Fahnen wehten, die Trommler schlugen, die Erde dröhnte unter dem festen Marschtritt. Zugweise sprangen die Musketiere vor die Front, feuerten eine knallende Salve und machten dem nächsten Zug Platz.

Die Dragoner antworteten mit einem wohlgezielten Feuer; jeder Schuss war ein Treffer in der dichten Masse. Jetzt setzte auch das Geschützfeuer ein und riss blutige Bahnen in die tiefen Kolonnen. Kaum war das Regiment Dalwig fünfhundert Schritt im Kugelregen marschiert, und schon lockerten sich seine Fronten.

Oberstleutnant Henning sah, dass das Geschützfeuer wirkte. „An die Pferde!" befahl er.

Die Dragoner liefen, so schnell sie konnten, in den Wald zurück, wo jetzt ihre Pferde standen, und saßen auf.

Mit gezogenem Pallasch setzte sich Oberstleutnant Henning an die Spitze des Regiments, und wieder in zwei Treffen, Jörgs Schwadron auf dem linken Flügel, ging es in atemraubendem Sturmritt auf das wankende feindliche Regiment Dalwig los und hinein in die mit rasender Wut sich wehrenden Fähnlein der Landsknechte; vor ihren Vierecken lag manch tapferer Reiter, manch tapferes Ross im Sand.

Mitten in das Wüten der Schlacht klangen schmetternde Trompeten! In geschlossenen Fronten, im donnernden Galopp rückte auf feindlicher Seite eine Kürassierbrigade an; die beiden Regimenter Dragoner, die sich im Gefecht aufgelöst hatten, wurden wie Spreu von ihr vor sich her gefegt.

Wieder wurden die Dragoner durch ihre schnelleren Pferde gerettet. Sie gewannen schnell Vorsprung vor ihren Verfolgern. „Sammeln!" bliesen unablässig ihre Trompeten. Einen Augenblick tauchte Hinrich vor Jörg auf; er blies aus voller Lunge.

Oberstleutnant Henning führte sein Regiment im Kehrt bis an die brandenburgische Artilleriestellung, die es zunächst zu schützen galt. Hier ließ er Front machen.

Indes hatte die Artillerie die schwedischen Kürassiere unter Feuer genommen; auch in deren Gliedern gähnten weite Lücken.

Wieder schmetterten bei den Dragonern die Trompeten zum Angriff. Als sie eben anritten, kam eine unerwartete Hilfe: an der Spitze des Regiments Leibgarde zu Pferde ritt der Kurfürst selbst in fliegendem Galopp heran, auch die Dragoner gingen im Sturmritt vor: eine wogende Reiterwelle prallte in geschlossener Schlachtordnung gegen die sich lockernden Glieder der feindlichen Kürassierregimenter.

Der Stoß war furchtbar! Im nächsten Augenblick bedeckte ein ungeheures Getümmel fechtender Reiter das Gelände bis hinüber zur Landstraße und darüber hinaus.

Da tauchte in dem Gewühl ein feindlicher Kornett vor Jörg auf, die goldgestickte Standarte hoch in der Faust.

„Rache für meine Fahne!" durchzuckte es Jörg. Jetzt sollte die Linumer Bauernfahne gerächt werden. Wie der Wind jagte er heran, schlug die Klinge des feindlichen Kornetts zurück, packte mit der Linken seinerseits den Standartenschaft, drehte mit Schenkeldruck sein hoch aufsteigendes Pferd herum und riss dadurch den Kornett, der den Schaft seiner Standarte eisern umklammert hielt, aus dem Sattel.

Jörg stieß einen lauten Jubelruf aus, als die feindliche Standarte in seiner Hand war. Eine der schönsten Reitertaten war ihm gelungen.

Sofort scharte sich sein ganzer Beritt wie eine Mauer um ihn, denn die feindlichen Reiter stürzten sich wie reißende Wölfe von allen Seiten auf die Sieger, diesen die Standarte wieder zu entreißen. Umsonst! Die Brandenburger hielten fest.

Doch so tapfer die Feinde kämpften, es entstand in ihren Reihen eine rückläufige Bewegung. Mehr und mehr gewannen die Brandenburger Raum.

„Viktoria!" schrie da Oberstleutnant Henning in das Getümmel. „Viktoria!" Wie ein Lauffeuer setzte sich der Ruf von Mund zu Mund fort, und es schien eine wunderbare Kraft in den, Wort zu liegen. Noch einmal warfen sich die Brandenburger, ihre letzte Kraft zusammenraffend, auf den wankenden Feind, und dieser wandte sich erschüttert und aufgelöst zu regelloser Flucht.

Mitten im Getümmel tauchte vor Jörg sein Peter auf ... reiterlos. „Peter!" schrie Jörg unwillkürlich. Das scheugewordene Tier hörte nicht; es raste mit den anderen davon.

Auf Fehrbellin wälzte sich jetzt das Reitergetümmel neben der Landstraße her, die erfüllt war von schreienden und rennenden Menschen, zwischen denen

Tross- und Pulverwagen, Protzen mit und ohne Geschütz raffelten, alle erfüllt nur von dem einen Gedanken, über die Brücke zu kommen.

Doch diese, über Nacht als Notbau notdürftig wiederhergestellt, war unter der ungeheuren Belastung zusammengebrochen.

Die Pferde der Brandenburger konnten nicht mehr galoppieren; sie fielen erschöpft in Schritt.

Die gesamte brandenburgische Reiterei nahm auf dem Abfall der Höhen vor Fehrbellin eine Bereitschaftsstellung, indes die Artillerie in das Gewimmel der sich auflösenden schwedischen Armee schoss.

Dann ritten die siegreichen Reiterregimenter langsam auf Hakenberg zurück. In langen Kolonnen aber marschierte auf der Landstraße die brandenburgische Infanterie, die inzwischen im Eilmarsch, zum Teil auf Wagen, heran gekommen war, und jetzt die Verfolgung übernahm.

Jörgs Glückseligkeit über die eroberte Standarte war etwas getrübt. Sein Peter war reiterlos gelaufen! Wo war Hinrich geblieben?

Es war Mittag, als die Reiterregimenter, Mann wie Ross schweißbedeckt ... es war noch immer die heiße, schwüle Luft als sie wieder an dem Hakenberger Wäldchen anlangten.

Die Mannschaften stiegen völlig erschöpft aus den Sätteln. Am Rande des Wäldchens waren inzwischen Hunderte von Schwerverwundeten zusammengetragen worden; die Feldschere hatten Arbeit. Auch Meister Zicklein betätigte sich hier eifrig. Jörg begrüßte ihn kurz. Dann ging er weiter die Reihen entlang, um Hinrich zu suchen.

Da lag er, bleich, die Züge seltsam ernst, die Augen weit geöffnet. Er erkannte Jörg und winkte schwach mit der Hand.

Jörg kniete neben ihm nieder.

„Jörg", flüsterte Hinrich, das Sprechen wurde ihm schwer, ihm war die Brust durchschossen, „ich habe dir gesagt, ich wüsste meinen Namen nicht, ich hätte ihn vergessen. Ich habe ich nicht vergessen, ich mochte ihn nur nicht sagen, weil — weil ich dachte, du könntest dich meiner schämen. Ich heiße Bessert — und bin dein Bruder."

„Hinrich!" rief Jörg erschüttert.

Der Sterbende lächelte, er fasste Jörgs Hand. „Ich habe einen Menschen, den ich liebhabe auf dieser Welt!" murmelte er, kaum verständlich. „Hast du für — für den neuen Bruder — auch ein wenig übrig?"

„Ja!" rief Jörg. „Wir alle verdanken dir ja so viel!" Er küsste Hinrich auf den bleichen Mund und wischte ihm den Schweiß von der Stirn.

Hinrich lächelte. Eine seltsame Verklärung ging über seine Züge. „Dann ist's ja gut!" hauchte er. „Dann bin ich froh!" Einige tiefe Atemzüge, sein Haupt sank matt zur Seite, und er schloss die Augen zum ewigen Schlummer.

Den Hut abziehend, stand Jörg einen Augenblick an der Leiche seines gefallenen Bruders. Heiße Tränen liefen über seine Wangen.

Er wandte sich still ab. Vor dem Wäldchen traten eben die Schwadronen zum Appell an. Jörg eilte auf den Sammelplatz.

Korporal Schüttler ließ seine Schwadron antreten.

„Wo ist Wachtmeister Freese?" fragte Jörg seinen alten Freund Kröger.

„Gefallen!" versetzte der und wischte sich eine Träne aus dem Auge.

Das war ein trauriges Antreten nach der Schlacht. Name um Name wurde aufgerufen; oft folgte keine Antwort. Nur eine Pause, in der das Kreuz hinter dem Namen gemacht wurde.

Im Ganzen genommen waren die Verluste der Brandenburger erträglich im Verhältnis zu denen des Feindes, der mehr als die doppelte Anzahl Mannschaften verloren hatte.

Indes war Wasser herangeschafft worden. Die halb verdursteten Pferde wurden getränkt, und auch die

Reiter, denen nicht minder die Zungen am Gaumen klebten, erfrischten sich mit einem Trunk.

Nach dem Abfüttern und Abkochen nahm Jörg Urlaub, um nach Linum zu gehen; es drängte ihm sich nach seinen Pflegeeltern und Hedwig umzusehen.

Ihm klopfte das Herz, als er die Dorfstraße betrat. Noch immer schwelte eine dicke Rauchwolke über dem Ort. Es ist der Warnkesche Hof, dachte Jörg, oder — der von Lewerentz! Er wollte keinem etwas Böses wünschen — aber —

Da lag die Brandstätte vor ihm! Der Hof von Lewerentz war's! Scheunen, Ställe, Wohnhaus waren heruntergebrannt bis auf die Grundmauern! Jörg atmete auf, dass seinem Pflegevater dies Unglück erspart geblieben ist.

Mit schnellen Schritten eilte er auf Warnkes Hof. Eben ging Hedwig mit den Melkeimern in den Stall zum Melken. Es war indes Abend geworden. Jörg eilte ihr nach.

„Jörg!" schrie Hedwig auf. „Gott sei Dank, dass du da bist, dass du lebst!" Ihre Augen strahlten. Jörg fühlte, gestern hatte ihr Mund gesprochen. Heut sprach ihr Herz.

Er nahm ihre beiden Hände. „Wie ist es denn mit Klaus nun?" fragte er, die Angst vor ihrer Antwort sprach aus seinen Augen. „Hast du ihm dein Jawort gegeben?"

Hedwig schüttelte den Kopf. „Nein!" erwiderte sie. „Ich habe ihm mein Wort nicht gegeben" ... Jörg atmete auf ..., „und ich werde es ihm nicht geben."
„Hedwig!" Glück, Jubel, die ganze Freude seines Herzens sprachen aus dem einen Wort.
„Lewerentz' Hof liegt in Asche", sagte Jörg dann, wieder in die Wirklichkeit zurückkehrend. „Haben unsere Geschütze den Schaden angerichtet?"
„Nein!" erwiderte Hedwig. „Es ist kaum ein Geschoß in unser Dorf geflogen. Wie der Befehl zum Abzug kam, haben die schwedischen Trossknechte den Hof an allen vier Ecken in Brand gesteckt, um sich für die gute Aufnahme zu bedanken. Plündern hatten sie in Anwesenheit der Generalität nicht gedurft, und das hatte der alte Lewerentz genutzt, um sich die Beköstigung billig zu machen. ... Jetzt sitzen die Lewerentz' alle bei uns. Vater hat sie aufgenommen, da sie ja kein Dach über dem Kopf haben."
„Dein Vater ist immer so gut!" sagte Jörg leise. Doch er musste zum Biwak zurück; nur eine Stunde Urlaub war ihm bewilligt.
Am andern Tage war für die Reiterregimenter Ruhetag; Mann und Ross bedurften dessen dringend. Vom Feind war nichts zu befürchten. Mit dem Morgengrauen hatte das brandenburgische Fußvolk den Rhinpass und die nur schwach verteidigte Stadt Fehrbellin genommen. In

völliger Auflösung floh die feindliche Armee aus dem Brandenburger Land.

Für die auf dem Schlachtfeld biwakierenden Truppen hatte der Kurfürst einen Feldgottesdienst angeordnet.

Vormittags um zehn Uhr rückten die Regimenter auf die Feldmark vor der Schwedenschanze, wo gestern die Schlacht begonnen hatte, und bildeten ein weites Viereck. Die eine Seite nahm der schnell errichtete Feldaltar ein, neben dem die gesamten Trompeterkorps und die Standartenschwadron mit sämtlichen Feldzeichen der angetretenen Regimenter Aufstellung genommen hatten.

Eine Rampe war für den Kurfürsten und die Generalität in der Mitte des weiten Vierecks errichtet worden. Vor dem Altar lagen aufgebahrt die Leichen der gefallenen Offiziere, darunter die des kurfürstlichen Stallmeisters Froben, der in nächster Nähe seines kurfürstlichen Herrn, der sich selbst in das dichteste Reitergewühl gestürzt hatte, gefallen war.

Sämtliche Trompeterkorps eröffneten den Feldgottesdienst mit einem in seiner Tonfülle und Reinheit ergreifenden Tedeum, und die Soldaten sangen mit bewegten Herzen den Choral: „Ein' feste Burg ist unser Gott!" Es war keiner unter all den Tausenden von Soldaten, der nicht die Weihe der Stunde und den tiefen

Dank gegen den Höchsten im innersten Herzen gespürt hätte.

Dann hielt der Feldprobst eine kurze, klare und kernige Soldatenpredigt. Wieder Gesang und die feierlichen Klänge eines Posaunenchors beendeten die eindrucksvolle Feier.

Da erhob sich der Kurfürst und winkte mit der Hand.

„Stillgestanden!" erklangen die Kommandos.

„Ich gebe die Auszeichnungen bekannt für Offiziere und Mannschaften, die sich in dieser großen und entscheidenden Schlacht besonders hervorgetan haben", verkündete der Kurfürst mit weithin schallender Stimme.

„Als ersten ernenne ich den Oberstleutnant Henning zum Obristen unter Verleihung des erblichen Adels und des Beinamens von Treffenfeld."

Ein Murmeln ging durch die Glieder; jeder freute sich der hohen Auszeichnung des tapferen Offiziers.

Dieser selbst war nicht anwesend; er war bei dem letzten Sturmritt gegen die wankende feindliche Reiterei schwer verwundet worden. Als seine Dragoner auf den Höhen vor Fehrbellin Halt gemacht hatten, war er ohnmächtig aus dem Sattel gestürzt.

Die Beförderungen einer Reihe von Offizieren höherer und niederer Grade folgten; dann die Beförderungen der Mannschaften. Als das Regiment Derfflinger-Dragoner verlesen wurde, fiel als erster Name: „Jörg Bessert!"

Jörg zuckte zusammen; es nahm ihm förmlich den Atem. „Wegen Eroberung einer feindlichen Standarte zum Kornett befördert!"

Jeder einzelne der Aufgerufenen musste vortreten. Der Kurfürst ging die Reihe der Ausgezeichneten entlang, reichte jedem die Hand, und wünschte ihm Glück. ...

Am Nachmittag nahm Jörg Urlaub, um nach Linum zu gehen. Seine Brust hob sich in berechtigtem Stolz, wenn er auf die neuen Abzeichen auf seinem Ärmel blickte. Er hatte Offiziersrang und Offiziersgehalt ... und die Aussicht auf eine glänzende Laufbahn, vielleicht so glänzend wie die seines Regimentsführers, des Obristen Hennigs von Treffenfeld.

Als er den Hof seines Oheims betrat, stand Klaus in der Tür. Er sah bleich und verfallen aus und schrak zusammen, als er Jörg erblickte.

Jörg wollte ihm die Hand reichen. Aber Klaus ergriff die ausgestreckte Hand nicht; mit einem verbissenen Ausdruck in den Zügen ging er scheu davon.

Als Jörg ins Haus trat, hörte er aus dem Wohnzimmer die Stimme des alten Lewerentz; sie klang fremd und keifend. „Das sag ich dir", schrie Lewerentz, „du bist der Ortsschulze und hast darüber zu wachen: alles hat er zu bezahlen! Alles!"

„Wer denn?" fragte Warnke ruhig.

„Der Herr Kurfürst!" schrie Lewerentz.

„Aber Lewerentz!" suchte Warnke diesem vorzustellen. „Die Feinde haben doch deinen Hof in Brand gesteckt; es war ein Racheakt. Du bist selbst schuld daran."
„Das ist ganz gleich!" tobte Lewerentz. „Es ist ein Kriegsschaden. Ich verlange volle Entschädigung!"
„Es wird sich ja finden!" beruhigte Warnke.
In der Küche trat Hedwig Jörg entgegen. Herzlich war die Begrüßung, und Hedwigs Augen strahlten, als sie die hohe Ehrung erfuhr, die Jörg zuteil geworden war. „Und Offiziersrang hast du jetzt?" fragte sie.
Ja!" rief Jörg. „Aber vorläufig bin ich nur Kornett. Wer weiß, ob es überhaupt mehr wird?" Dann erzählte er ihr von seiner Begegnung mit Klaus.
„Sie sind alle wie von Sinnen, die Lewerentz!" berichtete Hedwig kopfschüttelnd. „Der Alte brütet stundenlang stumpf vor sich hin, um dann plötzlich in Wutanfälle auszubrechen. Und Klaus ist nicht viel anders."

Jörg zuckte die Achseln. „Sie hatten ihre Sache nur auf ihren Reichtum gestellt", erwiderte dieser. „Jetzt ist der dahin, und sie sind zerbrochen. Wer keinen andern Gott hat als seinen Geldbeutel und seinen Hochmut, der ist schlimm dran in der Stunde der Not."
Warnke trat ein; auch er wünschte Jörg herzlich Glück, als dieser ihm seine Beförderung mitteilte: „Nun bist du heimgekommen, mein lieber Sohn, und sollst jetzt

wirklich mein Sohn werden. So wird für uns alle ein neues Leben beginnen!"

- Ende -

Weitere Bücher von Alexander Kronenheim:

Der Dämon

ISBN: 9783734754241

Dies ist die Geschichte über die fantastischen Abenteuer dreier Ritterssöhne, welche sich von einem in den Burgturm gebannten Dämon Wünsche erfüllen lassen, die allerdings stets mit einem bösen Flucht belegt sind.
Auszug:
„Warte!" rief Wolfram, wenn Du nicht freiwillig davon gehen willst, so werde ich dich zwingen."
Und ohne auf die Flammen und erstickenden Dämpfe zu achten, stürzte er auf den Drachen los, und in furchtbaren Hieben rasselte sein Schwert auf den Schuppenpanzer desselben nieder. Der Drache stöhnte und brüllte, aber das Schwert Wolframs prallte machtlos an dem undurchdringlichen Panzer des Untiers zurück. Er verdoppelte seine Hiebe und kämpfte mit der äußersten Anstrengung, aber immer mit dem gleichen unglücklichen Erfolg.
Der Drache drängte ihn mehr und mehr zurück, die sengende Glut, die seinem Rachen entströmte, lahmte seine Kraft, und letztendlich

zersplitterte sogar sein Schwert bei einem gewaltigen Hieb, den er auf den Nacken des Tiers führte, in tausend Stücke.
Nun stand er wehrlos da, und sah sich schon als Verlierer des Kampfes. Der Drache stieß ein triumphierendes Geheul aus, und schaute seinen entwaffneten Feind mit boshaft tückischem Blick an.

Bunker

Dies ist die Geschichte vom Schicksal eines Wehrmachtbunkers an der Front und seiner Besatzung, welche unter Führung eines entschlossenen Unteroffiziers tapfer die aussichtslose Stellung verteidigt und dabei um das Überleben kämpft. Auszug:

ISBN: 9783734784842

„'raus aus dem Bunker!... Wir besetzen den Laufgraben...
Am Knie vor dem Trichter, vierzig Meter nach rechts, Stellung! . . . Scharf ans Gewehr! . . . Biegler nimmt einen Munitionskasten .."
Den Stahlhelm noch in der Hand, kroch der Unteroffizier zuerst hinaus, hinter ihm der Schütze Scharf mit dem aufgebuckelten

Maschinengewehr, und zuletzt Biegler, der den Munitionskasten an sich presste, als ginge er damit tanzen.

Gebückt rannten die drei Leute durch den schmalen Schlauch. An der Knickung warf sich der Unteroffizier hin und winkte Scharf an seine Seite.

Knapp dreihundert Meter vor ihnen, aber noch keine zwanzig Meter über ihnen, kurvte der Flieger, ein Habicht, der noch nicht recht entschlossen ist, von welcher Seite er auf das verdatterte Opfer stoßen muss.

Scharf hatte das Maschinengewehr in Stellung gebracht. Der Unteroffizier saß dahinter, Finger an der Auslösung, den Stahlhelm halb im Genick.

„Wenn der Sauhund bloß einmal wenden würde ...! Ich bekomm' ihn nicht richtig herein ... Ah! Endlich!..."

Das Maschinengewehr bellte los.

Nephoris – Tochter des Cheops

ISBN: 9783734787553

Historischer Roman, welcher zur Zeit des alten Ägyptens spielt. Nephoris, die Tochter des Cheops, soll mit dem König der Nubier zwangsverheiratet werden.

Nephoris lehnt diese Heirat jedoch ab, da sie sich bereits in einen armen Fischer verliebt hat, welcher dafür von Cheops zum Tod verurteilt wurde. Nephoris riskiert alles, um ihre Liebe zu retten...

Auszug:

„Schweig, Weib!" rief der Prinz aus, dessen Zorn seine Augen gelb und sein Gesicht bleich färbt. „Schweig, oder ich werde Dich grausam treffen, indem ich Miri, Deine Schwester vor Deinen Augen martern lassen werde."

„Meine Schwester gleicht dem Wasser des Lebens, das die geheiligten Myrten benetzt; nichts kann sie trüben."

„Nun gut, Soldaten, bemächtigt Euch ihrer. Entkleidet sie; Ihr werdet sie mit schmalen Lederriemen peitschen, bis mich Nephoris um Gnade bittet."

In diesem Augenblick dringt ein Lieutenant Mazaits im vollsten Lauf in den Saal.

„Herr, Herr!" ruft er aus, „Wir bedürfen Deines Armes."

„Bei Diboun, was geht denn vor?" fragte der nubische Feldherr. „Habt Ihr denn noch nicht alle Einwohner von Memphis umgebracht, die es wagen. Widerstand zu leisten?"

Marienburg – Kampf und Schicksal

Dieser Historienroman spielt im 15. Jahrhundert und handelt von der tapferen und spannenden deutschen Verteidigung der Marienburg gegen die Übermacht anstürmender polnischer Kriegerhorden.

Auszug:

ISBN: 9783734796340

„Galopp!" befahl Heinrich. Alle Trompeter setzten schmetternd mit der Galoppfanfare ein: in stiebendem Rennlauf brachen die feurigen Pferde los, dass die Erde unter ihren Hufen dröhnte. Wie ein Wetter jagte das Geschwader in den Feind. Das erste feindliche Treffen wurde glatt überritten. Wie eine Wiese mit niedergewalzten Halmen, so lag es hinter den Reitern, das Feld besät mit Toten. Verwundeten, Sterbenden, die Luft erfüllt von Schreien und Wehklagen. Bis in die hinterste Reserve der Polen führte Heinrich den Todesritt. „Links schwenkt!" befahl er. Unter der Mauer der ehemaligen Stadt jagte er dahin, die feindliche Stellung völlig aufrollend.

Rom im Untergang Band 1: Eine neue Macht

Historischer Roman zur Zeit Marc Aurels, geschildert aus römischer Sicht und durch die Augen eines germanischen Präfekten. In spannender Weise werden die aufkeimenden Konflikte mit neuen Mächten beschrieben, welche als Auslöser des Untergangs von Roms zu sehen sind. Auszug:

ISBN: 9783734787911

Vom Flaminischen Tor her kamen zwei Krieger des Weges, mit Soldatenstiefeln und dunklen groben Kappenmänteln, wie solche die bei den in den nördlichen Provinzen liegenden Legionen in Gebrauch waren. Obwohl sie der Armee der die Welt beherrschenden Stadt angehörten, war das heiße Italien doch offenbar nicht ihre Heimat. Üppiges blondes Haar fiel ihnen in goldigem Glanz über den breiten Nacken, und den Melieren schmückte ein dichter Bart; die Sonne hatte ihre Gesichter gebräunt, und der Staub einer langen Reise bedeckte Helme und Mäntel. Von riesenhaftem Wuchs, überragten sie das gewöhnliche römische Volk um einen ganzen Kopf. Sie gingen langsam einher in schwankendem Gang, wie er Reitern eigen ist, schauten aber aufmerksam um sich. Als sie mit dem Zug zusammenstießen, wichen sie bis an den Fußsteig aus, verließen jedoch nicht die Mittelbahn. Einem der Klienten missfiel das, denn er schrie: „Zur Seite, ihr germanischen Hunde!"

Und als diese Aufforderung erfolglos blieb, sprang er hinzu und fasste den jüngeren Krieger am Mantel. „Siehst du denn nicht, wer da kommt?!" Der Germane runzelte die Stirn, wies mit dem Daumen zum Angreifer und sprach zu seinem älteren Begleiter hinter ihm nur das eine Wort:

„Hermann!" In seinem Ton lag ein Befehl. Der bärtige Krieger verstand ihn, denn er packte den Schreier und stieß ihn so heftig zurück, dass der römische Bürger mit seinem Schädel das Straßenpflaster berührte.

Sofort wurden die beiden Germanen unter Geschrei und heftigen Gebärden umringt.

„Barbaren!"

„Überfallen römische Bürger!"

„Nehmt sie fest!"

So schlug es ihnen entgegen. Und wirklich erschienen Stadtdiener, von denen einer fragte: „Welcher Legion gehört ihr an?" Anstatt zur antworten warf der jüngere Germane seinen Mantel zurück. Ein Silberpanzer wurde sichtbar; um seinen Hals hing eine goldene Kette als Belohnung der Tapferkeit; über seine Hüften war ein farbiges Band geschlungen, das Abzeichen eines hohen Offiziers. „Platz für den Präfekten der Legionen des göttlichen Imperators!" riefen nun die Stadtdiener und senkten ihre in Rutenbündeln steckenden Beile vor dem Barbaren, den sie an seinen Abzeichen als einen ihrer hochstehenden Offiziere erkannten.

Weitere Bücher aus der Reihe: ‚**Rom im Untergang**'

Band 3: Die Rückkehr der Götter
ISBN: 9783734745560

Band 4: Entscheidungsschlacht am Frigidus
ISBN: 9783734791222

Band 5: Aetius – Roms letzter Adler
ISBN: 9783738635034

Band 6: Aetius – Attilas Zorn
ISBN: 9783738635874

Band 7: Aetius – Die Zerstörung Aquileias
ISBN: 9783738635904